*Nunca es tarde
si la dicha es buena*

Nunca es tarde si la dicha es buena, libro 0.5 de la serie *Loves Bridge*

Título original: *In The Spinster's Bed, Spinster House 0.5*

Copyright © 2015, Sally MacKenzie

© de la traducción: Jaime Valero Martínez

© de esta edición: Libros de Seda, S.L.
Paseo de Gracia 118, principal
08008 Barcelona
www.librosdeseda.com
www.facebook.com/librosdeseda
@librosdeseda
info@librosdeseda.com

Diseño de cubierta: salvardid.eu
Maquetación: Nèlia Creixell
Imagen de la cubierta: © Alicia Martín Corbacho

Primera edición: febrero 2016

Depósito legal: B 28.872-2015
ISBN: 978-84-16550-05-0

Impreso en España – Printed in Spain

SALLY MACKENZIE

Nunca es tarde si la dicha es buena

Para mi editora, Esi Sogah,
que tuvo la idea de escribir
la historia de William y Belle.

Capítulo 1

Dornham Village, 1797

1 de marzo: han expulsado a William de Oxford. Supongo que no debería alegrarme, pero es así como me siento. Los lúgubres días de finales de invierno de pronto parecen más radiantes.

—del *Diario de Belle Frost.*

Loves Bridge, mayo de 1816

—¿Belle? Belle Frost, ¿eres tú?

A la señorita Annabelle Franklin le dio un vuelco el corazón. Mantuvo la mirada fija sobre el libro que estaba leyendo, pero fue incapaz de concentrarse en lo que estaba escrito.

«Santo cielo, es la voz de William.»

No, no era su voz. Imposible. Inspiró hondo para sosegarse. Al tercer hijo del duque de Benton no se le había perdido nada en aquella pequeña biblioteca de pueblo. Ni siquiera el duque de Hart, el dueño de la mansión, frecuentaba Loves Bridge. Debía de tratarse de alguien con una voz parecida a la de William.

«Pero nadie en Loves Bridge conoce mi verdadero nombre.»

Lo habría entendido mal. Se obligó a esbozar una sonrisa y alzó la mirada...

«Dios mío. Dios mío. Sí que es William. No es posible, pero ahí está.»

No podía permitir que se notara que lo había reconocido.

Se apresuró a bajar la mirada, inspiró de nuevo, y después se entretuvo marcando en el libro el lugar por donde iba en la lectura. Para cuando volvió a alzar la mirada, tenía sus emociones bajo control.

—¿Puedo ayudarle, caballero?

Había envejecido, por supuesto. Apenas era un muchacho de dieciocho años cuando lo vio por última vez. Ahora era un hombre de treinta y ocho. Se había vuelto más corpulento y sus rasgos estaban más definidos. Y tenía arrugas que antes no existían, en la frente y en las comisuras de los ojos y la boca. No parecían fruto de haber reído demasiado.

Pero seguía conservando un atractivo demoledor. Cuando le dirigió una sonrisa, su atolondrado corazón dio un brinco como un cachorrito ansioso.

«Ay, no. Otra vez no. No se puede volver a repetir.»

—Belle Frost, eres tú.

Gracias a Dios que se le había ocurrido cambiarse el nombre.

—Lo lamento, caballero, pero me ha confundido con otra.

—Muy cierto. No tenía nada en común con esa chica con la que William se había criado—. Soy la señorita Franklin.

«¿Qué está haciendo William en Loves Bridge?» Miró a su alrededor. Al menos la biblioteca estaba vacía. Debía librarse de él antes de que alguien le viera.

—¿Está buscando algún libro, señor? —Enarcó las cejas en un gesto inquisitivo. «Recuerda, él no debe saber que eres Belle Frost. Sigue negándolo.»

William frunció el ceño.

—¿No me reconoces, Belle? Soy lord William.

—Lord... Es decir, caballero, ya le he dicho que me ha confundido con otra.

Al parecer, William no había perdido su tozudez ni su confianza en sí mismo. Precisamente había sido su personalidad, más incluso que su atractivo rostro y sus anchas espaldas, lo que la había llevado por el mal camino hacía tantos años. Osado, inteligente, ingenioso. Él había sido la llama que la atrajo como si fuera una polilla, y ella se había quemado por completo.

Pero sobrevivió, y se había curado. Ahora era más sabia. No permitiría que ningún hombre, y menos aún lord William Wattles, le arruinara de nuevo la vida.

Se puso en pie, aunque no sirvió de mucho. William seguía midiendo quince centímetros más que ella.

—¿Está interesado en algún libro, señor? Me temo que eso es todo lo que puedo ofrecerle. —Se obligó a sostenerle la mirada—. Esto es una biblioteca, ¿sabe?

William contrajo las cejas hasta adoptar una expresión ceñuda, pero a ella le pareció un gesto que denotaba más desconcierto que enojo. Tal vez ahora no estuviera tan convencido de conocerla.

Y no la conocía. Ya no era Belle Frost, la hija del vicario. Aquella niña ingenua había muerto cuando su padre la expulsó de casa hacía veinte años. Ahora era Annabelle Franklin y vivía en la casa para solteras de Loves Bridge. Y era tan tozuda e independiente como William.

—No, gracias —dijo William, sin dejar de escrutarla con sus ojos azules—. La verdad es que se parece usted mucho a Belle Frost. ¿La ha visto alguna vez? La joven de quien le hablo es natural del pueblo de Dornham.

Había cumplido ya treinta y siete años. Era sorprendente que William fuera capaz de reconocerla.

—¿Dornham? ¿No está bastante alejado de Loves Bridge?

—Sabía perfectamente lo lejos que estaba. Había sentido cada surco del camino mientras iba a bordo de aquella vieja y destartalada diligencia que recorría a trompicones el trayecto que separaba ambos lugares.

No quería volver a ser esa niña asustada, sollozante y lastimera.

—Sí, supongo que sí. —William negó con la cabeza—. Aun así, le juro que es usted idéntica a ella.

Debía librarse de él.

—Si no puedo ayudarle a buscar un libro, lord William, debo seguir con mis asuntos. Si me disculpa...

Hizo amago de sentarse. William alargó un brazo como si tuviera intención de tocarla, y ella se arredró.

«Maldita sea.» Por suerte, William no se había dado cuenta. No le tenía miedo. En realidad tenía... en fin, tenía miedo de sí misma. Tenía miedo de que al tocarla rompiera su coraza y trajera de vuelta todas esas emociones.

William frunció aún más el ceño. Sí, se había dado cuenta, pero al menos había tenido la delicadeza de no decir nada. Se agarró las manos por detrás de la espalda.

—¿Me permite unos instantes de su tiempo, señorita, eh, Franklin, por favor? Me preguntaba si podría indicarme cómo llegar al despacho del señor Randolph Wilkinson. Una mujer intentó guiarme desde la posada, pero me temo que no entendí bien sus indicaciones.

Probablemente había sido la señora Tweedon, la mujer del posadero. Era una persona encantadora, pero solía confundir la derecha con la izquierda. Y el despacho del señor Wilkinson no resultaba fácil de encontrar. Quizá debiera acompañar a William hasta allí...

No, no sería buena idea. ¿Y por qué estaría buscando William al abogado de Loves Bridge? Confió en que se tratara de un asunto puntual, quizá por encargo de un amigo, y que regresara lo antes posible a Dornham, a Londres, o a dondequiera que tuviera ahora su hogar.

—Desde luego, señor. Tiene que rodear la iglesia por la parte de atrás. Allí encontrará una verja. Deberá atravesarla y cruzar el camino que se adentra en el bosque. Tuerza a la derecha cuando llegue a la carretera. La casa del señor Wilkinson es el primer edificio a la izquierda una vez pasados los setos. ¿Lo ha entendido?

—William siempre había tenido un buen sentido de la orientación.

Él asintió.

—Sí, creo que sí. Gracias por su ayuda, señorita Frost... Quiero decir, señorita Franklin.

—De nada, señor. Confío en que sus asuntos con el señor Wilkinson lleguen a buen puerto.

«Y que te marches de Loves Bridge en cuanto acabes con ellos.»

William le dirigió otra mirada inquisitiva. Ella temió que fuera a decir algo más, pero se limitó a asentir con la cabeza.

—Gracias. Que tenga un buen día, señorita Fro... Franklin.

—Que tenga un buen día, señor.

Y entonces, por fin, volvió a salir por la puerta y de su vida. Le flojearon las piernas y se dejó caer sobre la silla.

Pasaron varios minutos hasta que se le calmó el temblor de las manos.

❀ ❀ ❀

Esa mujer era Belle Frost.

Lord William Wattles se detuvo en el camino de entrada a la biblioteca. Hubiera jurado que era Belle. Sí, habían pasado veinte años, pero apenas había cambiado. Quizá tuviera el rostro más esbelto, pero tenía los mismos ojos, grandes y dorados, con motitas verdes y largas pestañas.

Sin embargo, había algo distinto en ellos. Antes rebosaban inteligencia, agudeza... y pasión. Ahora solo mostraban fatiga. Desaliento. Y no le gustó su forma de arredrarse cuando extendió el brazo para tocarla. No le había gustado nada.

¿La habría maltratado algún hombre? ¿Era esa la razón por la que estaba tan lejos de su hogar?

¡Por todos los diablos! Debería entrar de nuevo y exigirle que le diera el nombre de aquel canalla. Se ocuparía de encontrar a ese bribón para darle su merecido.

Lo embargó un sentimiento de culpa, pero hizo caso omiso de él. Era imposible que Belle le tuviera miedo. Hacía años que no se veían y, en cualquier caso, ella se había mostrado dispuesta a todo lo que hicieron juntos. De eso no había ninguna duda.

Volvería a entrar y le exigiría que se lo contara todo.

Pero ¿cómo se las arreglaría para conseguirlo? Ella había afirmado con rotundidad que no era Belle, sino esa tal señorita Franklin.

Señorita Franklin... No señora. Al menos no había cometido, como él, el error de casarse.

—¿Señor? ¿Podemos ayudarle?

Se quedó mirando, desconcertado, a las jóvenes que se encontraban ante él. Había estado tan sumido en sus pensamientos que no las había visto aproximarse, cosa extraña, dado que tenían una belleza arrebatadora, y además eran gemelas.

Si no se andaba con más cuidado, no tardaría en poner en marcha la cadena de rumores por todo el pueblo. Lo más probable es que ya se estuviera activando. Un forastero siempre da que hablar en un pueblo pequeño.

—No, gracias, señoritas. —Hizo una reverencia y dedicó a las muchachas, que apenas habrían superado la edad escolar, su sonrisa más refinada. Aquello tuvo el efecto esperado, provocando que se ruborizasen y soltaran una risita—. Les pido disculpas por bloquearles el camino.

—No, señor, no se preocupe.

—No nos estaba bloqueando el camino.

—Ni mucho menos.

—Solo nos preguntábamos si necesitaba ayuda.

—Dado que resulta evidente que es usted un recién llegado.

Se quedaron calladas, sin poder ocultar el deseo evidente de que se presentara.

Pero William no estaba preparado para hacerlo. Él, al igual que Belle, deseaba mantener su identidad en secreto.

—Les agradezco su oferta, señoritas, pero creo que ya conozco el camino. Si me disculpan...

Les dirigió una nueva reverencia, las rodeó y se alejó a paso ligero hacia la iglesia.

¿Le habrían visto salir de la biblioteca? De ser así, ¿le preguntarían a Belle quién era? ¿Y ella se lo diría?

Esperaba que no. Pese a que Loves Bridge era un pueblucho sin apenas vida social —esa era precisamente la razón por la que había decidido ir allí—, el trayecto desde la gran ciudad no resultaba muy largo. Si se establecía en aquella localidad como lord William, la noticia llegaría a oídos de los chismosos de Londres y todo el mundo absolutamente estaría al tanto de su paradero.

Cruzó una carretera y accedió al camposanto, donde subió por la pendiente entre las lápidas.

¿Por qué estaría viviendo Belle allí bajo un nombre falso?

La buscó tras volver a casa después del último trimestre en Oxford. Confiaba en que pudieran retomarlo donde lo habían dejado. Pero Belle no estaba en Dornham, y nadie parecía saber a dónde había ido. Claro que tampoco lo preguntó abiertamente. Mostrar interés por el paradero de Belle habría alimentado las especulaciones de las malas lenguas de Dornham. Y entonces su padre afrontó al fin el hecho de que su tercer hijo no era un erudito ni el candidato apropiado para portar el hábito. Así que le compró un nombramiento como oficial del ejército, y Belle desapareció de sus pensamientos.

Resopló mientras rodeaba la iglesia por detrás. El ejército no fue como se esperaba. Había desfilado y entrenado sin parar, pero únicamente disfrutó de un poco de acción en las alcobas. El uniforme le otorgaba un aspecto imponente.

Y entonces conoció a Hortense, la hija del conde de Cunniff, y cometió el tremendo error de creer que estaba enamorado.

Abrió la puerta de la verja con un empujón y recorrió el camino arbolado. Las raíces de los árboles asomaban por doquier. Avanzó con tiento para no tropezar y terminar en el suelo.

De niño solía vagar por los bosques en compañía de Belle. El padre de Belle, el vicario, era un cretino insufrible y mojigato, y su madre, que Dios la tuviera en su gloria, una mujer retraída, callada y carente de interés. Pero Belle... Belle estaba tan llena de vida. Siempre dispuesta a seguirle en cualquier aventura. Hasta que lo expulsaron Oxford, solo había pensado en ella como en una compañera de juegos de la infancia. Pero entonces...

Consiguió llegar hasta la carretera sin tropezar y torció a la derecha.

Hacía años que no rememoraba aquel día. Había salido a pasear —bueno, en realidad había salido para escapar de los continuos sermones de su padre sobre lo mal estudiante que era— y de pronto le sorprendió un chaparrón. Corrió a refugiarse en el pabellón helénico. Nada más cruzar el umbral, atisbó a Belle, acurrucada en un lecho de mantas, leyendo entre la penumbra a la luz de una vela.

❀ ❀ ❀

Belle levantó de golpe la cabeza, profirió un gemido ahogado y se ruborizó. Un gesto de culpabilidad se dibujó en su rostro.

—¿Qué estás leyendo? —le preguntó él.

—Nada.

Belle trató de ocultar el delgado libro, pero William atrapó su mano y se lo arrebató.

—¡Santo cielo! Es un ejemplar de *Fanny Hill*, de Cleland. ¿De dónde lo has sacado?

—De la biblioteca de mi padre. —Su voz sonaba desafiante, entrecortada y... ¿anhelante?—. Estaba escondido detrás de unos tomos griegos.

Belle se había quitado la pañoleta; William pudo percibir su pulso acelerado en la base del cuello.

De pronto, la atmósfera de la habitación se tornó queda, cálida e íntima.

—¿Cuánto has leído?

—Ca... casi todo.

Entonces deslizó la punta de la lengua sobre su labio superior, y William perdió la cabeza. Se inclinó hacia adelante, despacio, muy despacio, y acercó suavemente su boca a la de ella.

❀ ❀ ❀

Belle gimió —William seguía recordando ese sonido después de tantos años— y le deslizó los dedos a través del cabello, aferrándolo con firmeza mientras le devolvía el beso.

Cielo santo, jamás se había desabrochado los pantalones tan deprisa como aquella vez. Ambos sentían un ansia tremenda por hacer algo más que despojarse de aquellas prendas intrusas. En cuestión de segundos se zambulló en el cuerpo de Belle, húmedo y fogoso... y descubrió que era virgen.

Se detuvo, paralizado por lo que había estado a punto de hacer en aquel momento.

Pero ella le agarró por el trasero y le urgió a continuar, a conducirla hasta el éxtasis.

«¡Por Zeus!» Estaba solo en mitad de un estrecho camino rural y se le había puesto el pene tan duro como una barra de hierro.

«Belle. Ay, Señor. Belle.»

Era tan inocente y lasciva al mismo tiempo. No podía cansarse de ella. Disfrutó con algunos de los mejores juegos de alcoba de su vida durante esas pocas semanas que pasaron juntos.

Tal vez ahora estuviera dispuesta a consolarle. Eran mayores que entonces, más experimentados...

Pero ¿tendría Belle más experiencia? Parecía tan puritana, sentada al otro lado de aquel escritorio, con su primoroso cabello castaño recogido sin compasión en un moño ceñido y cubierto por un gorro espantoso, con un sobrio vestido gris abotonado hasta la barbilla.

William se detuvo al llegar al camino que conducía al despacho de Wilkinson. ¿Qué le habría ocurrido a Belle?

—¿Puedo ayudarle, señor?

Cuando alzó la mirada vio a un hombre de estatura media que estaba a punto de cerrar la puerta principal.

—¿Es usted el señor Wilkinson?

—Sí.

William no quería hablar con él en un lugar tan expuesto a oídos indiscretos. Se acercó un poco más.

—Siento presentarme sin avisar, señor, pero si pudiera dedicarme unos minutos, hay ciertos asuntos que me gustaría tratar con usted. —Y añadió en voz baja—: En privado.

Wilkinson se quedó mirándolo unos instantes, después asintió con la cabeza y se dio la vuelta para abrir de nuevo la puerta.

—Iba a salir a almorzar. Pero puede esperar. —Le indicó que pasara con un gesto.

—Gracias. Le prometo que no le robaré mucho tiempo.

Aquel hombre era demasiado educado como para decir en voz alta que ojalá fuera así.

Un enorme escritorio, cubierto de papeles, se encontraba a la derecha de William. Wilkinson le invitó a pasar junto a él para acceder a otra habitación con un escritorio todavía más grande y atestado.

—Mi hermana, Jane, es mi secretaria, pero está fuera en compañía de varias mujeres del pueblo —dijo Wilkinson mientras cerraba la puerta—. Por favor, tome asiento. ¿Podría decirme a quién tengo el placer de dirigirme?

—Lord William Wattles.

Wilkinson enarcó de golpe las cejas.

Eso probaba que al menos algunos habitantes de Loves Bridge leían las columnas de chismes de Londres.

—Así es —dijo William, que tomó asiento en una de las sillas situadas frente al escritorio de Wilkinson.

El hombre se ruborizó ligeramente al tiempo que, él también, tomaba asiento.

—Me temo que han salido todos los detalles en los periódicos, señor.

Sí, así era. Las correrías de Hortense se volvían más y más escandalosas con cada año que pasaba. La última, sin embargo, había superado a todas las demás, implicando una orgía y un juego de la gallinita ciega en cueros. William no podía ir a ningún rincón de la ciudad sin toparse con chismorreos, burlas y miradas de lástima. Su padre había vuelto a convocarlo en Benton para cantarle las cuarenta, repitiéndole una y otra vez que Hortense estaba mancillando el nombre de la familia.

Como si él no lo supiera.

Y por si aquello fuera poco, sus hermanos, esos mojigatos insoportables, habían tenido la desfachatez de sermonearle también. Al ser varios años mayores que él, lo trataban como si aún llevara puesto el arnés con el que aprendió a caminar de niño.

—Entonces quizá comprenda mi deseo por desaparecer de la sociedad londinense durante un tiempo.

Wilkinson asintió.

—Pues... sí... Pero ¿por qué Loves Bridge?

—Mi secretario, el señor Morton, fue quien lo propuso. Tengo entendido que se conocen.

El señor Wilkinson sonrió.

—¿John Morton? Por supuesto. Fuimos juntos a la universidad. ¿Qué tal le va?

—Bastante bien. —William se encogió de hombros—. Aunque le iría mejor si mi esposa tuviera a bien comportarse con un mínimo de decencia.

Wilkinson tuvo la sensatez de no decir nada.

—John comentó que Loves Bridge es un lugar tranquilo, situado cerca de Londres en caso de que me necesite, y completamente al margen de la alta sociedad. Ni siquiera el duque de Hart acude nunca a la mansión de la que dispone aquí. Así las cosas, parece el lugar perfecto para desaparecer por un tiempo. —«Y se ha convertido en un sitio todavía más perfecto con la presencia de Belle»—. Mi secretario me aseguró que usted podría conseguirme una casa de alquiler.

Wilkinson frunció el ceño.

—¿Y su esposa?

—Se quedará en Londres, claro. De hecho, mi deseo es llevar este asunto con tanta discreción que ni ella, ni nadie, conozca mi paradero.

Wilkinson frunció el ceño todavía más.

—Tranquilo. No me echará en falta.

—Eso no es lo que me preocupa, señor. —Wilkinson vaciló, mientras se humedecía los labios—. Solo me preguntaba si quizá su presencia en la ciudad podría evitar que su mujer acometiese nuevas, ejem, actividades impropias.

«¡Santo cielo! Si solo fuera eso.»

—Hasta la fecha no ha sido así.

—Sí, comprendo. Pero ¿dará cuenta a su familia sobre su paradero? Tengo entendido que su padre no se encuentra bien.

Su padre se encontraba lo suficientemente bien como para haberle gritado durante casi una hora apenas cuatro días antes.

—El duque ha regresado de las puertas de la muerte incontables veces. Y al fin y al cabo, yo no soy el heredero.

De hecho, su llegada al mundo había sido fruto de un accidente inoportuno. Su padre tuvo a Albert y Oliver durante los dos primeros años de matrimonio con la duquesa. William llegó diez años después, y su nacimiento provocó la muerte de la duquesa. Jamás se lo habían perdonado.

—Mis hermanos están sanos y fuertes. Confío en que vivirán otros veinte o treinta años.

—Aun así, sería bueno que pudieran ponerse en contacto rápidamente con usted en caso de que le ocurriera algo al duque.

Hablaba como un maldito abogado.

—Solo tengo intención de abandonar Londres, señor Wilkinson. No la Tierra... y desde luego ni siquiera Inglaterra. —Se obligó a sonreír. No valía la pena ponerse violento con aquel hombre—. John sabrá cómo localizarme. Y ahora, dígame, ¿hay alguna vivienda en alquiler en el pueblo? Nada ostentoso. Una casita pequeña sería ideal.

—Sí, por supuesto. Ya sé que puede confiar en John. En cuanto a la vivienda... —Wilkinson negó con la cabeza, haciendo girar la pluma que sostenía entre los dedos—. Lo cierto es que no hay nada apropiado en este momento.

—¿Nada de nada?

Tenía que haber algo.

Wilkinson se revolvió en su asiento.

—Bueno, Charles Luntley, el maestro de música del pueblo, estará fuera una temporada. Su madre ha caído enferma, así que va a regresar a su casa para supervisar sus cuidados.

—¡Perfecto! Incluso puedo ocuparme de impartir sus clases mientras esté fuera, si le parece bien.

Wilkinson esbozó un gesto de sorpresa.

—¿Es usted músico?

—Bueno, yo no diría eso, pero me defiendo con el piano. —Había aprendido las nociones básicas siendo un muchacho, y en los últimos años había descubierto que la música lo abstraía de su desastroso matrimonio.

—Pero, lord William, Luntley vive en una pequeña habitación que le alquila la viuda Appleton. Apenas hay espacio suficiente para una cama y una silla.

—Con eso me basta.

—Y se trata de una mujer anciana, y está casi ciega.

—No pasa nada. De hecho, mejor así. Supongo que la señora Appleton no será de las que van por ahí haciendo preguntas indiscretas.

—Cielos, no. Está sorda como una tapia. Mientras pague el alquiler a tiempo, lord William, ella no le molestará.

—Espléndido. —Hizo amago de levantarse, pero se detuvo—. Por cierto, y dado que mi intención es pasar desapercibido, creo que lo mejor es que a partir de ahora sea sencillamente el señor Wattles. —Con un poco de suerte, Belle no andaría aireando por ahí su título nobiliario—. Cuanta menos gente conozca mi identidad, mejor. De hecho, me temo que debo pedirle que la mantenga en secreto incluso ante su hermana.

—Jane es muy discreta, pero... —Wilkinson se encogió de hombros—. A veces las mujeres se van de la lengua, ya sabe. Sin embargo, no veo ninguna razón por la que debamos implicarla en este asunto.

—Excelente. ¿Puedo pedirle entonces que se ocupe de los preparativos? —William sacó su tarjeta—. Esta es mi dirección en Londres. Si le parece bien, una vez que me haya mudado a la habitación de Luntley, le diré a Morton que se ponga en contacto con usted en caso de que me necesite. De ese modo, podrá decirle con total sinceridad a cualquiera que pregunte por mí que no tiene constancia de mi paradero.

Wilkinson dejó escapar un largo suspiro, prueba evidente de que el plan no resultaba de su agrado.

—De acuerdo, lord... Es decir, señor Wattles.

—Gracias. —William se puso en pie, y Wilkinson lo acompañó hasta la puerta—. Ah, y una cosa más.

«No debería decir nada. Sé que no debería decir nada.»

Su estúpida boca empezó a formar las palabras con total independencia de su cerebro.

—Pasé por la biblioteca para pedir que me orientaran, y juraría que la bibliotecaria, me parece que dijo que era la señorita Franklin, me resultó familiar, pero es la primera vez que vengo a Loves Bridge. ¿Es natural del pueblo?

—No, no es del pueblo, aunque lleva aquí unos veinte años.

«Veinte años. Así que Belle vino a Loves Bridge directamente desde Dornham.»

—Vive en la casa para solteras de la localidad.

Wilkinson le abrió la puerta principal. William se quedó parado en el umbral.

—¿Cómo dice?

—Ah, claro. Usted no lo sabe. —Wilkinson se encogió de hombros—. Es una historia bastante complicada, pero la cuestión es que en el pueblo hay una casa, Spinster House, que se cede en usufructo a una soltera. O hasta que se case, supongo, pero que yo sepa nunca se ha dado el caso. El arrendamiento conlleva un estipendio que asegura el sustento de estas mujeres.

«¡Cielo santo! ¿La hermosa y apasionada Belle había renunciado al matrimonio? Imposible.»

—Entiendo. ¿Y no sabrá de dónde procede la señorita, ejem, Franklin?

—No, me temo que no. Yo era apenas un muchacho cuando llegó. Mi padre se ocupó del asunto. —De repente frunció el ceño—. Aunque recuerdo que dio que hablar cuando llegó al pueblo. Se alojó con la viuda Conklin, que tiene, —añadió, ruborizándose—, una reputación un tanto aciaga. Pero le aseguro que la señorita Franklin jamás se ha visto envuelta en el más mínimo escándalo.

«Conklin. Mmm. Ese nombre no me dice nada. En fin.»

—Gracias, señor Wilkinson. Por favor, avíseme en cuanto la habitación de Luntley esté disponible.

William hizo una reverencia y se alejó por el camino. Debía regresar a Londres y contarle a Morton sus planes. Sonrió. Por lo visto tendría la oportunidad de descubrir los secretos de Belle. Y puede que incluso de proporcionarle unos cuantos más.

Capítulo 2

10 de marzo de 1797

Ya no soy virgen. Estaba en el pabellón, leyendo ese escandaloso libro de papá. Me hizo perder la cabeza, así que cuando entró William, quise —no, fue más bien una necesidad— que me besara. Y que me tocara. Y que hiciera lo que hizo. Fue maravilloso. Sí, me dolió, pero solo durante un instante. Quiero volver a hacerlo una y otra vez.

—del *Diario de Belle Frost*.

Junio de 1816

El deseo la consumía.

Belle se tendió de espaldas en la cama, desnuda, con las piernas abiertas y un brazo extendido sobre la cabeza, a la altura de los ojos. Había pasado casi un mes desde que William se presentó en la biblioteca. Fuera lo que fuese lo que se traía entre manos, debió de resolverlo con éxito, pues no había vuelto a verlo desde entonces. Salvo en sus sueños.

Todas las malditas noches soñaba con él. Y todas las mañanas se despertaba ávida y ardiente. Quería tenerlo en su cama, entre sus piernas, dentro de su ser...

Se mordió el labio para contener un gemido. Le dolían los pechos; tenía los pezones enhiestos y endurecidos.

«Mi padre tenía razón. Soy una buscona.»

Apenas había compartido con William unas pocas semanas hacía veinte años, pero lo recordaba todo con enorme claridad: la corpulencia de sus hombros y su pecho, sus caderas estrechas, sus brazos musculados, su duro...

«¡Idiota! Ya tiene casi cuarenta años. Se habrá puesto flácido.»

Pero no parecía flácido. Ni por asomo. Su cuerpo parecía robusto, fuerte, y perfectamente capaz de proporcionarle placer otra vez.

Y otra vez.

Solo había una manera de aliviar aquella enajenación. Aprendió el truco cuando William regresó a Oxford, aunque no había vuelto a emplearlo desde que llegó a Loves Bridge. No había tenido necesidad de ello. Aquella parte de su ser había muerto... o eso pensaba.

La aparición de William la había resucitado.

Deslizó la mano sobre su carne tórrida hasta alcanzar esa región húmeda y palpitante que tenía entre las piernas. Sus dedos localizaron el punto mojado y resbaladizo donde...

—Miau.

—¡Aaah! —Belle se incorporó de inmediato y tiró de la colcha para cubrir su desnudez.

Un gato de color negro, naranja y blanco la observaba tranquilamente desde la cómoda.

—¿Qué estás haciendo aquí?

Como cabría esperar, el gato, o la gata, no respondió. Se dedicó a acicalarse el pelaje.

—¿Cómo has entrado?

El animal levantó una pata para concentrar su atención en sus partes bajas.

¿Se habría dejado una ventana abierta en el piso de abajo?

No.

Tal vez hubiera un agujero en algún lugar de la casa.

Ugh. Por allí podría entrar toda clase de bichos.

Bajó de la cama y fulminó al gato con la mirada.

—Márchate. No quiero una mascota.

Sus palabras no parecieron perturbar a su visitante, que siguió lamiéndose sus partes pudendas.

—Eso es muy desagradable, ¿sabes?

No perdió de vista al animal mientras se echaba agua en la cara y se vestía. Después se acercó con cautela. Debía persuadirle de algún modo para que se fuera.

Era muy bonito.

—¿Eres de los que muerden o de los que arañan?

¿Su pelaje sería tan suave como parecía?

El gato interrumpió sus abluciones para mirarla. No bufó ni realizó ningún otro gesto de apariencia amenazante. Quizá pudiera tocarlo...

Lentamente, Belle extendió la mano. Hundió los dedos en su pelaje. Mmm. Acarició al animal desde la cabeza a la cola, y sintió cómo todo su cuerpo vibraba.

Belle apartó de golpe la mano.

—Miau.

El gato parecía enojado. A lo mejor quería más caricias. Belle volvió a extender el brazo y el gato se restregó contra él. Belle oyó entonces un murmullo. Era un ronroneo.

—Te gusta esto, ¿verdad?

El ronroneo se volvió más intenso.

Belle no tenía experiencia con los animales. Ni su madre ni su padre habrían aprobado la presencia de mascotas. Pero deslizar los dedos por el suave pelaje del gato era una sensación muy placentera. Tranquilizadora. Apacible.

La tensión que sentía en el pecho comenzó a aflojarse.

«Será que me estoy recuperando de la impresión de ver a un animal callejero en mi dormitorio.»

—Supongo que, si vas a quedarte, tendré que ponerte un nombre. ¿Eres un chico o una chica?

«¿Por qué me lo estoy planteando siquiera? Lo último que necesito es tener un gato rondando entre mis pies.»

Pero, en el fondo, no tenía elección. Si echaba al gato, se limitaría a volver, a no ser que Belle consiguiera encontrar y taponar su entrada.

—Si te quedas, tendrás que valerte por ti mismo. No te hagas ilusiones en ese sentido. No pienso alimentarte.

El gato parecía bastante saludable, así que debía de saber arreglárselas perfectamente él solo. No tenía ningún dueño en el pueblo. Belle lo recordaría si lo hubiera visto antes. Tenía unas marcas muy características.

En fin, no le vendría mal tener en casa un cazador de ratones, pensó mientras se prendía el reloj al canesú. Después...

—Santo cielo, son las ocho y media. Como me siga entreteniendo llegaré tarde a abrir la biblioteca.

El gato pareció estar de acuerdo. Dio un brinco, salió corriendo de la habitación y bajó por las escaleras. Belle lo siguió a un paso ligeramente más reposado. Le gustaría tomar un trozo de pan con queso en la cocina. Le apetecía muchísimo una taza de té, pero no había tiempo para eso.

«Aunque a nadie le importaría si llego tarde.»

Muchos días no pasaba ni un alma por la biblioteca. Belle pasaba el tiempo entre que se levantaba por la mañana y se acostaba por la noche sin pronunciar una sola palabra.

Eso debería explicar por qué se había dedicado a hablar con un gato.

Estuvo a punto de tropezar con el animal cuando llegó a la cocina. El gato estaba tumbado en el suelo, en una zona iluminada por el sol.

—¿Te importaría quitarte de en medio? Y ten más cuidado con la cola.

El gato bostezó, se estiró para ocupar todavía más espacio, y se quedó mirándola.

—Tengo que ir a la biblioteca, ¿sabes? A lo mejor alguien quiere pedir prestado un ejemplar de *El paraíso perdido* o alguna obra del señor Shakespeare. —Ya, claro, antes de que ocurriera eso los cerdos echarían a volar. Lo más habitual era que sus escasos visitantes acudieran en busca de algo mucho más fácil de leer y menos erudito. Suspiró—. O... en fin, quizá le apetezca leer una de esas horrendas novelas de la señora Radcliffe.

El gato estornudó.

—Está bien, de acuerdo, tal vez no sean edificantes, pero mucha gente las encuentra entretenidas. —Echó un vistazo en torno a la cocina—. Si yo fuera escritora, es posible que escribiera una novela horrenda sobre esta casa. Es oscura, sombría y destartalada... Y tiene una maldición.

El gato puso las orejas de punta y se incorporó, como si hubiera cobrado un repentino interés por la conversación.

—Eso no lo sabías, ¿verdad? Pues así es. La historia es tan escalofriante que te pondrá la piel de gallina. —Aunque era poco probable que a los gatos se les pusiera la piel de gallina—. Hace casi doscientos años, el duque de Hart dejó encinta a la propietaria de esta casa, Isabelle Dorring, y después se casó con otra. Isabelle se quedó desolada, como podrás imaginar.

El gato se lamió un costado. Obviamente, era incapaz de imaginarse nada. Belle resopló. Si se trataba de un macho, seguramente se pondría de parte del duque. Los gatos no eran conocidos por tener una moralidad intachable.

—Te aseguro que es una historia muy trágica. Isabelle maldijo al duque y a sus herederos por toda la eternidad. Y después se ahogó junto con su bebé nonato en Loves Water.

Siempre había sentido lástima por la pobre Isabelle. Conocía de primera mano el pánico y la desesperación que debieron de embargarla. Si ella no hubiera perdido su propio...

«No, no. Me prometí hace mucho tiempo que no volvería a sumergirme en ese agujero oscuro y profundo.»

Volvió a consultar el reloj. No tenía tiempo que perder, ¡y menos aún para hablar con un gato!

—Me tengo que marchar.

Al parecer, el gato también quería marcharse. La siguió hasta la puerta y echó a correr en cuanto Belle abrió la puerta lo suficiente como para poder introducir su cuerpo felino.

—No tengas prisa por volver —dijo Belle hablando en dirección al gato, del que ya solo se veía la cola—. De hecho, casi mejor si no vuelves.

El gato hizo caso omiso de sus palabras.

¡Ja! Hasta nunca. Esa noche echaría un vistazo para ver si lograba descubrir cómo había entrado el animal y taponaría la apertura.

Cerró la puerta al salir, con más fuerza de la necesaria, corrió el cerrojo y cruzó el camino de entrada a la casa. No echaría de menos al gato. Por supuesto que no. ¿Cómo podría añorarlo? Apenas acababa de conocerlo.

Pero era evidente que se sentía más sola de lo que pensaba si la fugaz compañía de un animal callejero le resultaba tan reconfortante. Debería esforzarse más por salir a la calle. Quizá...

—¡Ay!

El maldito gato se había escondido entre los arbustos. Salió disparado, corriendo justo bajo los pies de Belle. Ella dio un brinco, tropezó y extendió los brazos, pero perdió la batalla contra la gravedad. El suelo se aproximó a ella a toda velocidad...

Y un brazo fuerte la rodeó por la cintura, para después izarla hacia un pecho duro como una roca.

—¡Belle! ¿Te encuentras bien?

«William.» Reconoció su voz, su olor e incluso el tacto de su cuerpo.

«Ay, Dios. Ha vuelto.»

Una mezcla de excitación, pavor y deseos impuros se arremolinó en su vientre.

Y desesperación. ¿Qué diantres estaba haciendo allí? Belle había conseguido mantenerse distante durante el rato que había pasado con él en la biblioteca, pero jamás lograría guardar las distancias si William se quedaba en Loves Bridge. Bastaba pensar en cómo había irrumpido en sus sueños.

Debía mantenerlo alejado. Era un hombre casado. Aquella fue la última noticia que leyó en las columnas de sociedad de Londres, antes de abandonarlas por completo. No pensaba seguir el ejemplo de la señora Conklin y empezar a invitar a hombres casados a su dormitorio.

Se puso tensa y se apartó de él.

—Lord William. —Se dio la vuelta para encararlo, y se quedó boquiabierta—. ¿Qué lleva puesto?

—Una peluca, —William se tocó el peluquín de color castaño claro con rizos a los lados y una coleta que colgaba por detrás—, lentes sin cristales y algunas ropas viejas.

—¿Ropas viejas? Pero si serán del siglo pasado. —Aun con ese singular atuendo, William provocó que su corazón diera un brinco de entusiasmo. ¿Por qué demonios tenía que ser tan atractivo el condenado?

Pero su corazón tendría que contenerse. Ahora era la soltera de Spinster House. Inmune a los machos de cualquier especie.

A todos los machos salvo William, al parecer.

—¿Piensa acudir a una fiesta de disfraces? —le preguntó con más dureza de la necesaria. Aunque a nadie se le ocurriría organizar una fiesta de disfraces en el pueblo, y a nadie, en ninguna parte, se le ocurriría organizarla por la mañana.

Entonces lo comprendió. William no se dirigía a ninguna parte, estaba regresando.

—¿O ha asistido a alguna bacanal en Londres? —Aunque William no parecía borracho, ni siquiera desaliñado.

Él respondió con cierto enojo.

—Por supuesto que no. Voy de incógnito.

—¿De incógnito en Loves Bridge? ¿Para qué?

No habría vuelto con la intención de tener una aventura en secreto con ella, ¿verdad? En secreto con respecto a su esposa, claro. No había secretos en un pueblo pequeño como Loves Bridge. Su reputación se iría al traste.

¿Y por qué se sorprendía? William era un libertino, después de todo. Un despiadado seductor de jovencitas...

No. Belle había intentado convencerse de eso cuando él regresó a Oxford y ella tuvo que afrontar las consecuencias de sus actos. Pero ni siquiera entonces fue capaz de creer algo así. Belle había accedido a todo cuanto hicieron juntos.

Si acaso, fue ella quien lo sedujo a él.

Pero ahora era mayor, más sensata, y lo que era aún más importante, tenía una voluntad más férrea. Puede que su cuerpo traicionero deseara pecar, pero ella no pensaba permitírselo.

William enarcó la ceja derecha.

—Yo podría hacerte la misma pregunta, Belle. Por lo visto, llevas viviendo con un nombre falso desde hace veinte años.

Ay, cielos, lo último que quería en aquel momento era mantener esa conversación.

—Por mí puede vestirse de chimpancé si le apetece. Ahora debo irme. Llego tarde a abrir la biblioteca.

William asintió.

—Sí, será mejor que no nos quedemos aquí plantados como dos pasmarotes. Tómame del brazo. Me parece que tenemos cosas de que hablar.

A Belle se le tensaron todos los músculos del cuerpo.

—No tengo nada de qué hablar, lord William. Y ahora...

—Miau.

Ay, rayos. El maldito gato se había puesto a corretear entre sus pies, imposibilitando su huida.

—Vaya, vaya. —William se agachó para acariciar al animal en las orejas—. ¿Has venido a pedir disculpas, damisela? Casi mandas a la pobre señorita Fro... a la señorita Franklin al suelo.

El gato —o, por lo visto, la gata— cerró los ojos. Parecía estar en el paraíso felino.

«William tenía unos dedos mágicos...»

Belle no podía permitirse recordar cómo era el tacto de sus dedos. En vez de eso, debía pensar en que esos mismos dedos nunca habían hallado el momento de escribirle una carta. Sí, Belle había sido parte activa en todo cuanto habían hecho, pero él también. Debería haber sabido que tales actos a veces tienen consecuencias, pero aun así nunca le había escrito para interesarse por ella.

¿Y de qué habría servido que le escribiera? Solo habría servido para alimentar las malas lenguas de Dornham al descubrirse que el hijo del duque se carteaba con la hija del vicario. Su padre le habría dado una azotaina.

Aunque se la habría dado de todos modos.

—¿Cómo sabe que es hembra?

Seguramente lo supiera por el placer tan desmedido con que el animal respondía a sus caricias.

William alzó la mirada, con los dedos todavía hundidos en el pelaje del animal, y sonrió.

—¿De verdad quieres que te lo diga?

Belle recordó de pronto, y con extremo detalle, lo diferente que era el cuerpo de William con respecto al suyo. Su miembro viril, sobre todo después de haber intercambiado unos cuantos besos y otras, ejem, libertades, resultaba imposible de ignorar. Tenía un tacto...

—¡No! No, gracias. Me basta con su palabra.

William rio y se enderezó.

—Aunque sin duda falta algo en la anatomía de esta señorita, eso no es lo que me confirmó su género. Los gatos que tienen este colorido tan característico son siempre hembras... o al menos, todos los que he visto yo. —Volvió a enarcar una ceja—. Habría pensado que sabrías distinguir si era un chico o una chica. Ha salido de tu casa. ¿No es tuyo?

«Qué cejas tan expresivas tiene...»

Maldición. Debía dominarse.

—No, no lo es. Apareció de repente en mi dormi... Es decir, en mi casa, esta mañana. Es la primera vez que lo veo.

William frunció el ceño.

—¿Cómo consiguió entrar?

—No lo sé.

El hombe frunció tanto el ceño que sus cejas estuvieron a punto de unirse sobre su nariz.

—¿Has echado un vistazo para comprobarlo?

—No he tenido tiempo. —«Porque me he quedado dormida, atrapada en un sueño mortificante sobre ti»—. Como ya le he dicho, apareció de repente esta mañana.

—Entonces vayamos ahora a comprobarlo. —William se dirigió hacia la casa.

«No puedo meter a William en Spinster House. Si mis sueños sirven de advertencia, no responderé de mis actos como me quede a solas con él.»

Le agarró del brazo.

—Ya le he dicho que llego tarde a abrir la biblioteca.

Al principio pensó que insistiría, pero William asintió con la cabeza.

—Está bien. Ya lo comprobaremos más tarde.

—¡No! —Más tarde sería peor. Belle estaría cansada. Su voluntad sería más débil.

El hombre puso cara de desconcierto. Es posible que la negativa de Belle hubiera sido demasiado vehemente. No quería que William pensara que le había entrado un ataque de pánico, aunque así era.

Inspiró hondo para recomponerse.

—Quiero decir, no, gracias. Es muy amable por su parte, pero no necesito su ayuda. Seguro que me dejé una ventana abierta. —No había otra explicación.

—¿Una ventana? Eso es fácil de comprobar.

William volvió a echar a andar hacia la casa. Siempre se había caracterizado por resolver los problemas de inmediato.

«Quizá debí mandarle una carta cuando descubrí mi "problema" hace veinte años.»

No. Él no habría podido hacer nada.

—Lord William, hoy no se esperan lluvias, y de verdad que llego tarde. Me tengo que marchar.

William endureció el gesto. Podía llegar a ser muy testarudo. Sin embargo, la puerta estaba cerrada, así que su testarudez no le conduciría a ninguna parte. Belle empezó a caminar a paso ligero hacia la biblioteca.

Él la alcanzó.

—Está bien, pero pienso volver más tarde, Belle. No descansaré hasta saber que estás a salvo.

¡Menudo incordio!

—Le aseguro, lord William, que no es preciso que se preocupe por mí.

—Quizá no, pero el caso es que me preocupo.

¡Santo cielo, qué hombre tan insoportable!

—¡Maldita sea, William, déjelo ya! No soy una niña.

Los labios del aludido se torcieron en una sonrisa cómplice y su voz se tornó más grave.

—Créeme, Belle, no pensaba en ti como en una niña.

Ella sintió una oleada de calor en esa región ávida e irreflexiva de su viente —y más abajo aún—, y sus mejillas se ruborizaron. Ay, cielos. No quería hablar sobre aquella época. No quería pensar en ella.

—Déjelo. Eso pertenece al pasado.

Por el rabillo del ojo, vio que William estaba sonriendo, el muy bribón.

—¿Así que admites conocerme? ¿Que en realidad eres Belle Frost, de Dornham?

Ella no pensaba admitir nada.

—Debe llamarme señorita Franklin, lord William.

—Lo haré si dejas de llamarme «lord». Me gustaría ser conocido sencillamente como el señor Wattles.

Belle le llamaría Su Majestad si así la dejara en paz. Asintió y aceleró el paso. Cuanto antes llegara a la biblioteca, antes se libraría de él.

William no tuvo problema para mantenerse a su ritmo.

—Entonces, ¿qué nombre vas a ponerle a la gata?

—No pienso ponerle ningún nombre. No es mi gata.

—¿No? A mí me parece que ella ya te ha adoptado.

Por desgracia, eso es lo que parecía. El animal no se había marchado corriendo para cazar o para subirse a un árbol o para lo que fuese que hicieran los gatos. Iba caminando por delante de ellos, deteniéndose de vez en cuando para mirar atrás como si quisiera asegurarse de que aún la seguían.

«Maldita sea. Yo no quiero una mascota.»

Le gustaba vivir sola. Su vida era tal y como la deseaba: ordenada y predecible.

Miró de reojo a William cuando llegaron a la biblioteca. También le gustaba estar sola. Había aprendido por las malas que dejar entrar en tu vida a otras personas —u otras criaturas— era un error. En el mejor de los casos resultan molestas y perturbadoras. En el peor, te rompían el corazón.

Se le cayó al suelo la maldita llave de la biblioteca cuando se la sacó del bolsillo. Resonó con fuerza sobre el camino de piedra, y a punto estuvo de golpear a la gata. El animal la miró con cara de pocos amigos.

William la recogió y la introdujo en la cerradura.

—Gracias, lord...

—Señor Wattles, Belle. —Abrió la puerta para dejarla pasar y después la siguió al interior de la biblioteca—. No le dijiste a nadie que soy lord William cuando estuve aquí el mes pasado, ¿verdad?

—No. No tuve ocasión de hablar de ti. —Con ese comentario, puede que William interpretara que no había vuelto a pensar en él—. Yo... ¡cuidado!

—¡Miauuu!

William había estado a punto de pillarle la cola al animal con la puerta. Se detuvo para permitir que la criatura se escabullera hacia el interior.

—Lo siento. En serio, tienes que ponerle un nombre al pobre animal, Belle. Está claro que se ha quedado prendada de ti.

—Pónselo tú. —Colgó el gorro en la percha que estaba reservada para él. Le habría gustado decirle que resultaba inapropiado que los dos estuvieran a solas en la biblioteca, pero habría sido un disparate. Se trataba de un lugar público, y ella era la bibliotecaria. Claro que podía quedarse a solas con un hombre, si se daba el caso. Es decir, si alguno de los hombres del pueblo acudiera alguna vez a la biblioteca.

Belle se sentó ante su escritorio y comenzó a revolver unos papeles.

—Y debes llamarme señorita Franklin. La gente se llevará una impresión muy extraña de nuestra... relación, aunque no lo creas.

Maldición, ¿por qué había dicho eso? Sintió un rubor en las mejillas... Le ardían incluso más que cuando atisbó aquella mirada cómplice en el rostro de William.

«Por favor, Señor, no permitas que hable sobre nuestra "relación".»

William se dejó caer sobre una cómoda silla de lectura, y la gata dio un brinco para tenderse sobre su regazo. William le acarició el pelaje y de pronto sonrió.

—*Amapola.*

—¿Qué? ¿De qué estás hablando?

—Tus mejillas. Las tienes coloradas como si fueran amapolas. Creo que así es como deberías llamar a tu mascota: *Amapola*. ¿Qué te parece?

No era una pregunta.

La gata estuvo claramente de acuerdo. Belle pudo oír los molestos ronroneos del animal desde el lugar donde se encontraba, a varios metros de distancia.

Capítulo 3

15 de abril de 1797

No puedo pensar nada más que en William. En sus amplias espaldas, sus brazos musculados, su pecho, sus piernas. Su precioso pene. (Me sonrojo al escribir eso, pero William me está enseñando a perder la vergüenza.) Mi cuerpo ansía el suyo. No me canso de él. Es una fiebre de la que no deseo curarme.

—del Diario de Belle Frost.

William salió a rastras de debajo de la aparatosa mesa de roble de la cocina de Spinster House. Había ido después de cenar para comprobar si Belle había descubierto el lugar por donde había entrado *Amapola*. No lo había encontrado, así que William insistió en echar un vistazo.

Miró brevemente hacia arriba para comprobar que la mesa no se extendiera ya sobre su cabeza, y sorprendió a Belle admirando su trasero.

Sintió un estallido de lujuria en las entrañas.

Belle había sido tan apasionada, tan intrépida de niña. Con ella, nada de esconderse en la oscuridad o debajo de las mantas. Se empeñó en verlo desnudo, y no apartó la mirada por vergüenza. Qué hermosa era, con esa piel blanca y suave, y esos pechos que...

«Por Zeus, estoy tan excitado que ni siquiera estos pantalones holgados pueden ocultar mi erección.»

Si al menos aún llevara puesto el chaleco y el abrigo, pero se los había quitado junto con esa peluca ridícula y las lentes de pega para poder meterse bajo el mueble con comodidad.

—¿Piensas quedarte ahí toda la noche?

Le pareció que Belle tenía la voz un poco entrecortada. Puede que ella también hubiera sentido una oleada de lujuria. Seguro que a William le gustaría —le encantaría— ayudarla a resolver ese problema.

«¿Seguirá profiriendo ese ruidito extraño y gutural antes de alcanzar el orgasmo?»

Su miembro se irguió todavía más, y empezaron a dolerle los testículos.

—¿Y bien, encontraste el agujero?

Era otro el que le gustaría encontrar...

No. Debía pensar en otra cosa, pero su mente libidinosa estaba atrapada en unas ardientes arenas movedizas de lujuria, que la engullían a toda velocidad.

Y entonces la maldita gata aterrizó sobre su trasero, clavándole las zarpas afiladas con fuerza.

—Pero ¿qué...? —Se irguió de golpe y se golpeó la nuca contra la mesa—. Será po... ¡aaayy!

Se desplomó sobre el suelo, sin saber muy bien si agarrarse la cabeza o el trasero.

Se decantó por la cabeza.

—Uy, uy, ¿estás...? —Belle se atragantó en su intento por tomar aire, al tiempo que se reía a carcajadas—. ¿Estás bien?

—He estado mejor.

—Seguro que *Amapola* no quería hacerte daño. Ha saltado desde la mesa y tu, eh... Es decir, tu...

William se quedó mirándola.

Belle señaló hacia sus cuartos traseros.

—Te pusiste en medio.

—Ya me he dado cuenta.

La condenada gata se acercó para mirarle antes de sentarse y concentrar su atención en su pata derecha. William tenía la impresión de que la gata conocía perfectamente la deriva que estaban tomando sus pensamientos lascivos cuando decidió brincar sobre su trasero.

—¿Has encontrado algún agujero ahí debajo?

—No. —William retrocedió un poco más hasta que se aseguró de haber dejado la mesa atrás y después se levantó—. Nada.

Belle se cruzó de brazos.

—Has buscado en todas las habitaciones y eso es lo que has encontrado: nada. Déjalo, William, y márchate... —Belle frunció el ceño—. ¿Dónde te alojas?

¿Cuándo se habría vuelto Belle tan seca? Ese carácter tan propio que tenía había desaparecido, dejando a su paso una persona fría, ceñuda y mandona. Tenía la impresión de que iba a golpearle los nudillos con una regla de un momento a otro.

—He alquilado la habitación del señor Luntley. Seré el profesor de música hasta su regreso.

Belle se quedó patidifusa.

—¿Tú? ¿Profesor de música?

—Sí. —Sonrió—. ¿Quieres que te enseñe a tocar ese clavicémbalo que he visto en la otra habitación?

Belle frunció el ceño de inmediato.

—No, gracias. Ya te ibas, ¿recuerdas?

—¿En serio? —William negó con la cabeza, y sonrió para sus adentros cuando vio cómo Belle apretaba la mandíbula—. No, me parece que no me iba. Aún no he revisado las habitaciones del piso de arriba.

—Santo cielo, William, *Amapola* es un gato, no un pájaro. Las habitaciones del piso de arriba están demasiado altas con respecto al suelo.

—Hay un árbol grande en el exterior. Pudo trepar por él. ¿Fue eso lo que hiciste, *Amapola*?

La gata estaba concentrada en lamerse la pata izquierda.

—¿Debería echar un vistazo en las habitaciones de arriba?

El animal lo miró, pero si lo hizo con un gesto de desdén o de aprobación, es difícil decirlo.

—No me puedo creer que estés hablando con un gato.

Él tampoco se lo podía creer.

Entonces la gata bostezó, se estiró y salió de la cocina.

—¿A dónde va? —Belle siguió a *Amapola*. Y William siguió a Belle—. Va al piso de arriba. —Se percibió cierto deje de entusiasmo en su voz—. Acompáñame, vamos a seguirla. —Se agarró los bajos de su vestido y echó a correr detrás de la gata.

William admiró la silueta perfecta de sus tobillos.

Belle comenzó a subir por las escaleras, y entonces se detuvo para mirar a William, que ahora podía verle las pantorrillas y la curvatura de las rodillas bajo la sombra de su falda.

Mmm. Recordaba con total claridad la forma de sus muslos, de su trasero y de su precioso...

«Ha envejecido veinte años. Habrá cambiado.»

Pero le encantaría comprobar hasta qué punto se asemejaba a sus recuerdos.

—¿A qué estás esperando? Eras tú el que quería subir. —Belle se arremangó la falda todavía más mientras subía los últimos escalones.

William atisbó sus muslos. Le habría gustado algo más que un vistazo rápido. Necesitaba algo distinto. Lo embargó un impulso extraño.

Bueno, quizá no tan extraño. Hacía meses que no retozaba en ninguna alcoba.

Subió corriendo por las escaleras a tiempo de ver cómo Belle desaparecía en el interior de una de las habitaciones.

—¿Has encontrado...? Uy. —Estaba en el dormitorio de Belle. Debía de haberlo abandonado a toda prisa aquella mañana. La cama estaba sin hacer, las sábanas seguían revueltas como si todavía conservaran el calor de su cuerpo, y había un cajón a medio abrir que le permitió entrever una serie de medias de seda y otras prendas con volantes.

¿Llevaría alguna de esas prendas con volantes debajo de aquel sobrio vestido de cuello alto? Le encantaría tenderla sobre aquella enorme cama deshecha y, despacio, con mimo, con veneración, desnudarla capa por capa hasta descubrirlo.

Miró a su alrededor en un intento por distraerse y vio un retrato de cuerpo entero de una muchacha vestida con un atuendo anticuado.

—¿Quién es esa?

Belle miró de reojo hacia el cuadro.

—Isabelle Dorring, la primera soltera de la casa. —Señaló hacia la cama con un ademán—. Y allí es donde el malvado duque la sedujo.

—Ajá. —William vio que Belle se sonrojaba cuando se dio cuenta de lo que había dicho.

«Me encantaría seducirte, Belle. Por favor, déjame hacerlo. Déjame tenderte sobre ese colchón para besarte y acariciarte hasta que me supliques que te posea, tal y como hiciste en Benton. Quiero volver a sentir tus manos sobre mi trasero desnudo, tirando de mí para tenerme cada vez más cerca...»

William se desplazó de tal forma que el poste de la cama quedó situado entre ellos. Con suerte, aquella madera tendría el grosor suficiente como para disimular el poste que se erguía en sus pantalones.

Por suerte, Belle se había dado la vuelta para mirar a *Amapola*, que estaba acurrucada en una silla. Por lo visto, ella no estaba tan afectada como él por la situación, porque fue capaz de hablar sin que le temblara la voz. Parecía cansada, pero en sus palabras no hubo rastro alguno de seducción.

—Parece que *Amapola* no tiene intención de decirnos por dónde ha entrado. Tendremos que encontrar la abertura sin su ayuda.

«La abertura...»

William gruñó. Por él como si Noé y su arca repleta de animales se decidían a correr, deslizarse y reptar por la casa en ese momento.

¿Qué le estaba pasando? Ya no era un muchacho. Había aprendido a controlar sus instintos primarios hacía mucho tiempo. Hacía años que no le causaban problemas.

Salvo ahora, con Belle. Precisamente ahora rugían en su interior, instándolo a arrancarle ese vestido tan feo para zambullirse de lleno en su cuerpo.

«¿Estará embrujada esta condenada casa?»

De ser así, debió de embrujarla alguna vieja frígida con la nariz arrugada en un gesto permanente de desaprobación y las piernas cerradas a conciencia. Por todos los diablos, la señorita Isabelle Dorring debería aparecerse en ese marco dorado, señalar con el dedo hacia su pene y provocar que se encogiera hasta desaparecer. Desde luego, lo último que necesitaba era que siguiera palpitando y creciendo como si fuera a estallar. Después de todo, estaban en una casa para solteras.

—¿Qué haces ahí parado como un pasmarote? Acércate y ayúdame a buscar. —Belle se había agachado para examinar el suelo junto a la pared que daba al jardín, proporcionándole una visión de lo más tentadora de su trasero cubierto por el vestido.

Luciría un aspecto aún más tentador si estuviera desnuda.

«Tenía un trasero tan pálido, tan suave, tan terso. Y tan hermoso.»

William cruzó la habitación sin dar la orden expresa a sus pies para que se movieran. Extendió la mano para tocar a Belle cuando esta se enderezó y se dio la vuelta.

—¡Uy!

Su corpiño rozó la camisa de lino de él, provocándole una punzada de deseo que se extendió hasta su más visible —más dolorosamente visible— órgano.

—No te he oído acercarte. —Su voz sonaba ligeramente entrecortada.

William sintió el deseo irrefrenable de estrecharla entre sus brazos, apretarla contra su cuerpo y besarla hasta que los dos perdieran el sentido.

Pero en vez de eso inclinó la cadera hacia atrás. Si ella no recibía bien sus tentativas —y temía que así fuera—, seguramente le pegaría un rodillazo en la ingle. Esbozó una mueca con solo pensarlo, pero el deseo lo dejó clavado en el sitio. Inspiró hondo, y percibió el ligero aroma a cítricos del perfume de Belle.

«Ay, cielos.»

Belle usaba ese mismo perfume cuando era niña. Durante las semanas que pasaron juntos, solía aplicarse un poco detrás de las orejas y entre los pechos. Y a veces incluso en la parte superior de los muslos, en el pliegue situado junto al pubis.

La deseaba más de lo que había deseado a ninguna mujer en toda su vida. La necesitaba.

Belle intentó retroceder, pero William le bloqueaba el paso con su cuerpo.

Ella se aclaró la garganta y frunció el ceño.

—¿Vas a ponerte a buscar el agujero por donde ha entrado la gata de una vez o no?

—No. —Pronunció aquella negativa con voz ronca.

William no quería buscar ese agujero. El que deseaba encontrar estaba oculto bajo la falda de Belle.

—¿Entonces para qué has subido aquí?

—Para comprobar cómo ha podido entrar *Amapola*. —Bajó la mirada hacia la gata. Parecía haberse quedado dormida—. Pero ahora quiero encontrar algo más importante.

—¿El... qué?

Belle parecía recelosa, pero no enfadada. Seguramente eso no tardaría en cambiar. Lo más probable es que le pegara un rodillazo en cuestión de segundos, pero al menos el dolor resultante le sacaría de su ensimismamiento.

William había llegado a un punto en que abstenerse de tocar a Belle era como pretender evitar que subiera la marea o que saliera el sol.

—Esto. —William la rodeó con sus brazos y la miró con fijeza. Hubiera jurado que percibió un reflejo de su propio deseo en los ojos de Belle—. Debo descubrir si sabes tan bien como hace veinte años. —Inclinó la cabeza, deteniéndose a escasos centímetros de su boca.

Belle no se apartó. No volvió la cabeza. Él sintió el aliento trémulo que emergía de sus labios.

William soltó un gruñido y recorrió la última distancia que los separaba.

※ ※ ※

«Esta es una mala idea, malísima. Debería rechazarle de una vez. Está casado.»

«Las infidelidades son habituales entre la alta sociedad. Y yo deseo que pase. Lo deseo con todas mis fuerzas.»

※ ※ ※

Belle cerró los ojos cuando la boca de William entró en contacto con la suya. Tenía los labios firmes y secos. Suaves. Sus brazos la mecieron.

Se sintió como si al fin hubiera llegado a su hogar.

Suspiró, dejándose llevar entre sus brazos. Su erección ejercía una presión insistente contra su vientre.

Habían pasado veinte años desde que hizo el amor con él —veinte años de sequía—, pero su cuerpo le recordaba como si aquello hubiera ocurrido el día anterior. Su sexo palpitó, tórrido, húmedo y ansioso por darle de nuevo la bienvenida.

«Recuerda lo que ocurrió la última vez.»

Ya, pero ahora era mayor, seguramente lo bastante mayor como para no tener que preocuparse de tales... problemas.

Un suspiro de inquietud resonó en su interior. «A veces, las mujeres mayores son capaces de concebir.»

La inquietud fue seguida por una oleada de tristeza. «Sí. A veces. Pocas. Y en mi caso, no.»

Tenía nueve años cuando oyó a sus padres discutir a altas horas de la noche. Probablemente pensaban que estaba dormida, y que no entendería sus palabras aunque las oyera.

Y no las entendió hasta que cumplió los diecisiete y estuvo con William.

—Yo quería un hijo. Era tu deber darme un hijo. —El contundente sonido que provocó su padre al abofetear el rostro de su madre aún reverberaba en sus oídos—. Te he fecundado durante quince malditos años, y lo único que has conseguido darme es una niña inútil.

—Lo intenté. Ya sabes que lo intenté. —A su madre le temblaba la voz, con una mezcla de miedo y confrontación—. Pero ya soy demasiado mayor para tener hijos.

—Sí, maldita sea, eres demasiado mayor para darme un hijo, pero no tanto como para no poder satisfacerme.

Belle se echó las mantas sobre la cabeza y después se presionó las manos contra los oídos para no oír los gruñidos, los gemidos y otros ruidos extraños que provenían de la habitación de sus padres.

Su madre solo tenía treinta y cinco años. «Dos años menos de los que tengo yo ahora».

«¡Idiota! No debería estar triste por no poder concebir. Debería alegrarme. Y me alegro.»

¡Oh! William deslizó los labios desde su frente hasta su mejilla. «¿Por qué me pongo a pensar en el pasado cuando el presente es tan maravilloso?»

Mmm. ¿Le besaría en ese punto tan sensible justo por debajo de la oreja? Belle inclinó la cabeza para invitarle a hacerlo.

—¿Por qué has decidido ocultar tu cabello bajo un gorro, Belle? —El susurro de sus palabras se extendió sobre su piel mientras sus dedos empezaban a desabrocharle el vestido—. Has adoptado el aspecto de una vieja solterona amargada.

—Es que soy una vieja solterona. —Y quizá también estuviera amargada. No podía negar que la alegría no abundaba en su vida.

En cambio, sentir cómo su melena se desplegaba sobre su espalda, y el modo en que William deslizaba los dedos a través de ella, sí que era una alegría. ¿Sería eso lo que sentiría *Amapola* cuando alguien la acariciaba?

Sea como fuere, Belle sintió el impulso de ronronear y restregarse contra el robusto cuerpo de William.

—Eres más joven que yo. —William trazó con la lengua el borde de su oreja.

—So... solo por un a... año.

Oh, Señor. Ahora había dirigido sus dedos hacia el cuello de su vestido, para abrirlo lentamente, botón por botón. Belle sintió el roce de la fresca brisa de la habitación sobre la piel.

Debía detenerlo. Movió las manos...

Y le agarró los hombros en busca de equilibrio. William deslizó la boca sobre la base de su cuello, provocando que le flaquearan las piernas.

Tendría que contenerse para no gemir.

—Cielo santo, Belle. Eres tan atractiva.

No lo era. Era una solterona de treinta y siete años, marchita y reseca.

No, reseca no. No en ese momento. Ahora estaba muy, pero que muy mojada, y ávida de deseo.

William comenzó a quitarle el vestido por los hombros.

La primera vez que estuvieron juntos, aquella vez que William la encontró en el pabellón cuando estaba leyendo esa escandalosa novela, sintieron un ansia tan fuerte el uno por el otro, que no se molestaron en desnudarse. Ahora sentía ese mismo anhelo. Quería que William le...

Amapola estornudó.

«No debo hacerlo.»

«Tonterías. Soy una mujer adulta. Lo deseo. Lo necesito...»

«No sería correcto.»

Si aquello era un pecado, ya se redimiría más tarde. En ese momento, se sentía tan fogosa que era como si estuviera en el infierno... Y solo William podría sacarla de allí.

Diantres, William le había dejado el vestido abierto sobre los brazos. Belle apenas podía moverlos.

—William. —Se contoneó ligeramente, en un intento infructuoso por hacer que las mangas bajaran un poco más—. Aún no has terminado.

Sus labios se contrajeron lentamente en una sonrisa seductora, sus ojos oscuros adoptaron una mirada preñada de deseo.

—Muy cierto. De hecho, solo estoy empezando.

—¡Oh! ¡Oh!

Se sirvió de su experimentada boca para juguetear con sus pechos, deslizándola allí donde asomaban por encima del corpiño. Había aprendido unos cuantos trucos con los años. Ahora sería un amante mucho más dotado que cuando era un muchacho.

¿Con cuántas mujeres...?

«No pienses en eso. No tiene importancia.»

Lentamente, William trazó con los pulgares unos círculos sobre sus hombros, sujetándola mientras deslizaba la lengua por el reverso del corpiño hasta rozar un pezón.

—¡Oh!

Belle se revolvió contra su cuerpo.

«Maldito vestido. Maldito corpiño.»

«Maldito hombre. ¿Acaso no sabe que me está haciendo perder el juicio?»

—William. —Su voz sonó aguda, apenas un hilo de voz—. Por favor.

Si no podía mover los brazos, movería las caderas. Presionó y se restregó...

William profirió un sonido ahogado, una mezcla extraña entre un gemido y un gruñido, y tiró de su vestido hacia abajo.

—Me ha parecido oír un desgarrón. —Aunque a Belle le daba igual. William podía rasgar el vestido por la mitad si así lo deseaba.

Él gruñó.

—Te compraré uno nuevo. —La despojó rápidamente de su corpiño y lo lanzó al suelo—. Uno que sea más fácil de quitar y que no tenga un cuello alto tan feo.

«No puede comprarme un vestido. No soy su fulana.»

El hombre le quitó el vestido con un movimiento enérgico y después se detuvo a admirarla. Sus ojos la recorrieron por todas partes.

Belle sintió una intensa oleada de vergüenza. ¿Acaso no veía las arrugas, y la piel flácida y caída? Su cuerpo ya no era el de una joven de diecisiete años. Entonces levantó las manos...

William la detuvo.

—No, Belle. No ocultes tu hermosura.

Y en ese momento desplazó los dedos sobre su cuerpo casi con veneración, desde los pechos hasta el vientre, desde los rizos hasta la parte superior de los muslos. Su roce era como los rayos del sol, la calentaba, derritiendo su alma congelada. Belle sonrió.

—William. Te he echado de menos.

—Y yo a ti, Belle. Pero ahora estoy aquí—. Ahuecó una mano sobre sus partes pudendas—. Y pronto estaré aquí. —Deslizó la punta de un dedo en su interior y gimió—. Por Zeus, qué mojada estás, preparada para mí. Había olvidado lo maravillosa que eres.

«¿Más maravillosa que su mujer? ¿Que su esposa?»

Belle cerró los ojos un instante. Daba igual. Colocó la mano sobre su miembro endurecido, apenas contenido dentro de sus pantalones. William llenaría su vacío. La penetraría una y otra vez, y ella estallaría de gozo.

Durante un rato, dejaría de estar sola.

—Cuidado. Aún no quiero derramar mi semilla.

«A veces las semillas arraigan.»

«Pero no en mi interior. Otra vez no. No volverá a pasar. Es demasiado tarde.»

—¡Miau!

Belle volvió la cabeza y vio a *Amapola*, que no dejaba de mirarla con gesto poco amigable. El animal retorcía la cola de un lado a otro.

¿Se habría dado cuenta William?

No. Estaba demasiado ocupado arrancándose la camisa.

Belle se mordió el labio al comprobar lo que aquella prenda ocultaba. Tenía el pecho mucho más ancho, y el vientre y los brazos mucho más musculados de lo que recordaba.

Entonces William se llevó las manos a la bragueta, sus dedos volaron sobre los botones, para abrirlos y tirar hacia abajo de los pantalones. Se los quitó con un puntapié y se quedó desnudo, apuntando hacia Belle con su miembro espléndido, largo, grueso y robusto. Extendió los brazos.

—Ven, Belle. —Su voz también surgía entre sofocos—. Ya hemos esperado bastante.

—Sí, así es.

Estaba a punto de acercarse a él cuando *Amapola* soltó un bufido. El sonido la distrajo.

«William está casado.»

La señora Conklin hacía un buen negocio con los hombres casados. Se lo había explicado todo cuando Belle llegó desde Dornham y necesitaba un lugar donde alojarse. Fue la razón por la que apenas pudo hospedar a Belle durante unos pocos días.

La señora Conklin era una fulana. Ella era la primera en admitirlo. Acoger hombres bajo sus sábanas era su forma de pagar las facturas. Pero tenía una norma férrea: antes de entretener a un nuevo cliente, se aseguraba de que su mujer no estuviera en contra. Loves Bridge era un pueblo pequeño. No podía permitirse que las demás mujeres la rehuyeran. Y tampoco tenía intención de ofender a otro miembro de su mismo sexo.

«Pero esto es distinto. La esposa de William está en Londres. Y yo no le estoy pidiendo dinero. Me estoy entregando a él libremente.»

—No me dirás que te ha entrado vergüenza de repente.

«No soy una fulana... ¿verdad?»

—¿Prefieres que me acerque yo? —William se aproximó unos pasos.

«William está casado. Pronunció sus votos ante Dios.»

Belle levantó las manos para detenerlo.

—No.

—¿No? —William se detuvo, visiblemente confundido—. ¿Qué quieres decir con eso?

—No puedo hacerlo.

A él se le desorbitaron los ojos, y después sus cejas se contrajeron en un gesto ceñudo.

—¿Se trata de un jueguecito o algo?

—No es ningún juego. —Belle se estrechó entre sus brazos para cubrir su desnudez... Y para reprimir el impulso de extenderlos hacia él—. Estás casado. No sería correcto.

William inspiró hondo. Belle vio cómo su espléndido pecho se expandía.

—Sabías que estaba casado desde el principio.

Ella asintió.

—Sí. —Se sintió fatal—. Pero... lo olvidé.

—¡¿Lo olvidaste?!

—No grites.

El hombre inspiró una nueva bocanada de aire, seguida de otra. Estaba furioso. Muy furioso.

Belle sintió una punzada de pavor en el pecho.

«William no me hará daño.»

«No has compartido más que unos pocos minutos con él en veinte años. No sabes si te hará daño o no.»

No, eso era lo que le decía la cabeza. Pero su corazón sabía que estaba a salvo. Había vivido con su padre. Sabía reconocer la violencia. Ahora no corría ningún peligro.

—Podría hacer que me desearas.

Ya le deseaba.

Pero ella no podía entregarse a ese deseo. No estaría bien. William estaba casado.

Belle negó con la cabeza.

A él se le dilataron las fosas nasales. Aparecieron unas arruguitas blancas alrededor de sus labios fruncidos.

—Eres una buscona de mierda.

Belle acusó el golpe de aquellas palabras.

—Tienes que irte. Ya.

William se quedó mirándola, con la ira y la frustración patentes en la tensión de su cuerpo. Entonces, sin decir nada más, recogió su ropa y se marchó.

Ella oyó sus pisadas por las escaleras, y después el estruendo que provocó al cerrar la puerta trasera. Ese tosco sonido aflojó el férreo control que ejercía sobre sí misma, y se desplomó sobre el suelo.

—Miau. —*Amapola* se restregó contra ella.

—Ay, *Amapola*. —Acercó a la gata hacia su cuerpo y hundió el rostro en su pelaje.

Capítulo 4

1 de mayo de 1797

El duque ha enviado a William de vuelta a Oxford. Partió hace una semana, y no he podido parar de llorar desde entonces. Me siento tan desdichada que incluso me ha afectado al período. Llevo varios días, o incluso una semana, de retraso.

—del *Diario de Belle Frost.*

Enero de 1817

—Prueba otra vez, Walter. —William esbozó la sonrisa más alentadora que pudo.

Walter Hutting, el hijo de doce años —o quizá fueran trece— del vicario de Loves Bridge, profirió un sonoro suspiro, se revolvió inquieto sobre la banqueta del piano y reanudó la pieza que le habían asignado.

Desafinó desde la primera nota.

William se estremeció —con discreción, o eso esperaba— y volvió a preguntarse cómo se las habría arreglado Luntley para sobrevivir diez años como profesor de música en Loves Bridge con el oído y la cordura intactos. Entre todos los alumnos que tenía, aún no había encontrado uno solo que mostrara el menor indicio de talento.

—Es una redonda, Walter. No puedes tocarla como si fuera una negra. Hazlo más despacio.

El niño suspiró de nuevo y redujo el ritmo... un poco. Estaba claro que quería que la clase terminara lo antes posible.

A William le pasaba lo mismo, pero el vicario lo había contratado para que pasara cuarenta y cinco minutos con el muchacho. Ya no debería faltar mucho.

Consultó su reloj y contuvo un suspiro. Lo que le había parecido media hora en realidad solo habían sido diez minutos.

A esas alturas habría pensado que Luntley ya estaría de vuelta, pero al parecer su madre estaba tardando en recuperarse más tiempo de lo esperado.

—Eso está mejor, Walter. Y ahora, ¿puedes insuflarle un poco de sentimiento?

El muchacho se quedó mirándolo como si de repente le hubiera salido una segunda cabeza. ¿En qué estaría pensando para decir eso?

—De acuerdo. En fin, vamos a ver... Tú sigue. Una vez más desde el principio.

El chico reanudó la tortura de aquel indefenso instrumento.

No es que quisiera regresar a Londres. Hortense no había cambiado. Sus correrías —cada una peor que la anterior— seguían en boca de todo el mundo, incluida su familia. Wilkinson le había entregado apenas dos días antes una carta de su hermano Albert, en la que le contaba que su padre estaba tan disgustado por el comportamiento impropio de Hortense, que le estaba afectando a la salud.

—¿Y si toco la siguiente pieza, señor Wattles?

—Sí, Walter, ¿por qué no? —Era una canción bastante sencilla. Puede que el chico la hubiera dominado.

Pero no era así.

William oyó un paso y cuando volvió la cabeza vio pasar corriendo a la hermana mayor de Walter. ¿Se estaba tapando los oídos? El chico tocaba fatal, pero sin duda su hermana...

No, simplemente se estaba poniendo el gorro. Quizá tuviera previsto ir a la biblioteca para ver a Belle. La señorita Hutting se consideraba una escritora en ciernes y a menudo le pedía a la bibliotecaria su opinión sobre sus obras.

«Belle.»

«Ay, Dios.»

Ella era el problema, desde luego, la verdadera razón por la que no quería regresar a Londres... y la razón por la que tampoco quería quedarse en Loves Bridge. La idea de dejarla le resultaba devastadora, pero verla a diario, escuchar su voz, oír a la gente hablar de ella... le estaba volviendo loco.

Se revolvió en su asiento. Habían pasado siete meses desde la funesta escena del dormitorio. William comprendió, en cuanto su condenado pene se encogió hasta alcanzar dimensiones normales, que Belle tenía razón: habría sido deshonroso tener un encuentro sexual con ella mientras siguiera casado con Hortense. La joven no era una fulana cuya profesión consistiera en satisfacer las necesidades de los hombres. Era una mujer respetable. Una soltera dedicada...

Pero aquello suponía un desperdicio tremendo de pasión. Belle estaba próxima a los cuarenta, pero su precioso cuerpo apenas había cambiado con los años, salvo quizá para rellenarse un poco de una forma encantadora. Sus caderas se habían ensanchado, y tenía los pechos más llenos. De hecho, ahora resultaba incluso más atractiva que cuando era una chiquilla. Cuando vio su...

Pero no debía distraerse pensando en Belle desnuda, y menos aún en la vicaría.

No la habría visto desnuda si Belle hubiera comprendido antes que no quería tener relaciones con un hombre casado. William había pasado un rato muy desagradable hasta que regresó a su habitación y se hizo cargo de la situación, por así decirlo.

—¿Quiere que la toque otra vez?

—¿Perdón?

—La pieza. ¿Quiere que la toque otra vez? —Walter sonrió—. Aunque supongo que no, dado que se estaba revolviendo y bufando como hace papá cuando mamá le obliga a oírle tocar. Aún tengo la esperanza de que me permita dejar las clases.

Aquello sería probablemente lo mejor que podría ocurrir, pero William no podía decirlo.

—Solo necesitas más práctica. Así que, sí, toca otra vez la pieza. —Y esta vez se esforzaría por prestar atención.

Treinta dolorosos minutos más tarde, Walter tocó la última nota y William quedó libre al fin... hasta la siguiente sesión.

—Muy bien, Walter.

El chico hizo un mohín, que William prefirió ignorar. Se puso en pie y comenzó a recoger sus bártulos.

—Nos veremos la semana que viene. No te olvides de practicar.

Walter suspiró con fuerza.

—Mamá se asegurará de eso, —sonrió—, salvo que pueda escabullirme después de Latín. Al final del día mamá está demasiado cansada como para montar un escándalo por las clases de música.

—Lo harías mejor si practicaras más.

Walter se encogió de hombros. Estaba claro que dominar el piano no se encontraba en lo alto de su lista de prioridades.

William estaba extendiendo la mano hacia el picaporte de la puerta para salir cuando la señora Hutting apareció por detrás de él.

—¿Le apetecería una taza de té, señor Wattles?

Maldición, la mujer debía de haber estado esperándolo. Aquello no pintaba bien.

—No, gracias, señora Hutting. La verdad es que debería marcharme.

—Entiendo. En fin, solo quería hablar sobre los progresos de Walter...

¿Acaso no podía escuchar por sí misma los progresos, o mejor dicho, la falta de progresos de Walter?

—Además, quisiera saber si estaría disponible para dar clase a Prudence también.

Menos mal que no le estaba pidiendo que intentara inculcarle nociones musicales al hermano mayor de Walter, Henry.

—¿Cuántos años tiene Prudence?

—Diez. Y es muy aplicada.

—Ya. —Si fuera un profesor de música de verdad, habría accedido. A más alumnos, más dinero.

Pero ninguna cantidad de dinero le compensaría por tener que encargarse de otro alumno mediocre.

—No sé, señora Hutting. Quizá deberíamos esperar a que regresara el señor Luntley. Yo solo me ocupo de sus cosas durante su ausencia.

La señora Hutting frunció el ceño.

—Ya, entiendo. Pero lleva fuera desde junio, ¿no es así?

—Así es. Me temo que su madre no se está recuperando tan rápido como esperaba.

—Lamento oírlo. Pobre hombre. ¿No hay otro miembro de la familia que pueda ocuparse de sus obligaciones? Parece injusto que todo el peso deba recaer sobre sus hombros.

—El señor Wilkinson me dio a entender que el señor Luntley es hijo único.

La señora Hutting frunció el ceño, como si pensara que la señora Luntley había cometido una torpeza tremenda al haber engendrado un único vástago. Y puede que lo pensara, dado que ella había alumbrado a diez. Pero era demasiado educada como para decirlo, o como para dejar entrever que la enfermedad de la señora Luntley le parecía de lo más inoportuna. Suspiró.

—Solo nos queda rezar para que su madre se recupere pronto.

—Sí, así es. —William hizo una reverencia—. Que pase un buen día, señora Hutting.

Inspiró profundamente en cuanto cerró la puerta de la vicaría al salir. ¡Ah! El aire era fresco y limpio, tan diferente de la sucia niebla de Londres. Pero frío. Se subió el cuello del abrigo. No tardaría en oscurecer. Quizá debería pasarse por la biblioteca para comprobar que...

No, eso no. Si había conseguido mantener la cordura se debía solo a sus intentos por evitar la compañía de Belle, en la medida de lo posible. Aún no había atardecido siquiera. Y aunque estuvieran en mitad de la noche, aquello era Loves Bridge, no Londres. Belle no correría ningún peligro. De hecho, seguramente estaría con la señorita Hutting, en caso de que la muchacha hubiera partido en busca de los conocimientos literarios de Belle cuando salió de la vicaría.

—¡Señor Wattles!

Cuando levantó la mirada vio que Wilkinson estaba accediendo al camposanto desde la arboleda... y que llevaba a Belle del brazo.

«Maldita sea.» Esta vez no tendría posibilidad de evitarla.

Dio un rodeo para reunirse con ellos, mientras el temor y el deseo formaban una desagradable mezcla en sus entrañas.

—Buenas tardes, señor Wilkinson. —Miró a Belle—. Señorita Franklin.

Meses de práctica —y de oír cómo llamaban así a Belle— lo habían adiestrado para emplear ese nombre sin titubear.

—Señor Wattles. —Belle se ruborizó y se revisó la falda.

—Creí que aún estaría en la biblioteca.

Por Zeus, no debería haber dicho eso. Había sonado como si hiciera un seguimiento de sus horarios.

Lo cual era cierto, si bien solo para evitarla.

—He cerrado temprano.

—La señorita Franklin ha tenido la amabilidad de traerme un libro que encargué —dijo Wilkinson, que los miró a ambos con excesiva fijeza—. Llegó al mismo tiempo que esto. —Se sacó un papel doblado del bolsillo del abrigo y se lo entregó a William—. Me parece que es bastante urgente.

William lo examinó. Maldición. Era otra carta de Morton.

—Gracias.

—De nada. Bien, y ahora, si me disculpan... —Wilkinson hizo una reverencia—. Me temo que hay ciertos asuntos que requieren mi inmediata atención.

—Por supuesto.

Sería absurdo rogarle que se quedase, aunque tuvo que esforzarse por contener el impulso de hacerlo. Observó cómo Wilkinson se alejaba a paso ligero, dejándole a solas con Belle por primera vez desde aquella noche aciaga.

William le debía una disculpa, se la llevaba debiendo desde hacía siete largos meses.

«¿De verdad la llamé buscona? Ay, Dios, no. Fue peor que eso. La llamé buscona de mierda.»

Hizo acopio de voluntad. Lo mejor era zanjar el asunto de una vez por todas.

—Señorita Franklin, le debo una disculpa. La última vez que estuvimos...

Belle levantó una mano, aunque mantuvo la mirada fija en el suelo, y su rubor se agudizó.

—Por favor. Ni lo menciones. Yo también tuve buena parte de culpa.

Sí. Al principio William quiso cargar todas las culpas sobre ella, pero pasado un tiempo —mucho más largo de lo que habría sido conveniente— comprendió que él era el principal culpable. Fue él quien dio el primer paso. Fue él quien intentó seducirla.

Y era él el que estaba casado.

—Debo hablar de ello. Jamás debí tomarme tantas libertades contigo, Belle.

Ella profirió un ruidito extraño, a medio camino entre una risa y un sollozo.

—Pero no puede decirse que yo me resistiera demasiado.

No, no se había resistido, ¿verdad? Aquello casi lo empeoraba. William sabía que Belle sentía algo por él.

Ojalá no estuviera atado a Hortense.

—Puede ser, pero no debí ponerte en esa situación. —Tragó saliva. Tenía que decirlo—. Y jamás debí llamarte lo que te llamé. Eso fue imperdonable.

Belle se encogió de hombros, al tiempo que alzaba la vista hacia Spinster House.

—Estabas disgustado.

¿Disgustado? Estaba consumido por la lujuria. Tenía los testículos al rojo vivo.

—Yo mismo me lo busqué. Como bien señalaste, estoy casado. Mi comportamiento fue deshonroso para ambos.

—Y yo debí contenerte desde el principio. —Al fin lo miró, aunque no más arriba de la barbilla—. Lo cierto es, como sin duda habrás percibido ya, que no soy diferente a ti, William. Pero no pienso ser tu fulana, ni tampoco, si prefieres un término más cortés, tu amante. No me interpondré entre tu esposa y tú.

Eso era imposible. Si Belle había leído alguna vez las columnas de chismes, sabría que no había nada entre Hortense y él, salvo hostilidad.

No, aquello no era cierto. Había unos votos, ¿no es cierto? William había dado su palabra ante Dios y ante los hombres, y aunque la mayoría de los aristócratas se reirían solo de pensar que alguien pudiera cumplir tales promesas, Belle no era como ellos.

¿Verdad?

En muchos sentidos, William tenía la sensación de que no le debía nada a Hortense, salvo su desprecio. Le había arrebatado su felicidad, su orgullo, y la esperanza de formar una familia. Pero ¿su honor?

Solo él podría despojarse de eso.

—Tengo que marcharme. —Belle señaló la carta con un ademán—. Y tú deberías leer eso. El señor Wilkinson insistió mucho en entregártela cuanto antes.

—Muy bien. Aguarda un momento y te acompañaré.

William rompió el sello de la carta. Lo más probable era que Morton le escribiera para volver a decirle que su padre estaba afligido por el comportamiento de Hortense.

—No hace falta. Querrás tener privacidad para... Ay, William, ¿qué ocurre?

William vio cómo Belle le ponía una mano sobre el brazo, pero apenas la sintió.

«Santo cielo.»

Debería haberlo supuesto, dada la vida que llevaba Hortense, pero no dejaba de resultar impactante.

—Es mi esposa. Ha sufrido un accidente. Todo apunta a que no sobrevivirá. —Arrugó la carta en la mano—. Debo partir a Londres de inmediato.

—Lo siento muchísimo. ¿Puedo ayudarte en algo?

William se había puesto pálido. Pobrecillo. Por mucho que Belle se hubiera pasado los últimos siete meses deseando que su esposa desapareciera por arte de magia, en el fondo no quería que le ocurriera nada malo.

Bueno, quizá sí, pero era consciente de que eso no estaba bien.

William se guardó la carta arrugada en el bolsillo.

—No. Sí. Supongo. ¿Podrías avisar a mis alumnos de que se suspenden las clases hasta nuevo aviso? —Resopló—. Supongo que se alegrarán mucho. Lamento decir que no hay ningún Bach en ciernes en Loves Bridge.

—No me sorprende. Creo que el señor Luntley estuvo al borde de la desesperación en más de una ocasión. Por supuesto que les avisaré. ¿Tienes una lista?

—Puedo anotarte los nombres. —Su voz denotaba urgencia. Obviamente, su mente ya estaba concentrada en el viaje que le aguardaba—. No tengo más clases hasta mañana por la tarde.

—En ese caso, ven a casa. Allí tengo papel y pluma.

Belle tuvo que apresurarse para mantenerse al ritmo de las largas y rápidas zancadas de William, pero no le pidió que redujera el paso. Para llegar a Spinster House no tenían más que descender por la colina y cruzar la carretera. Podría recorrer esa distancia a la carrera si fuera necesario.

Iba a ser la primera vez que William entraba en la casa desde aquella noche aciaga.

Belle le había estado evitando durante esos meses. Al principio pensó que sería imposible —Loves Bridge era un pueblo pequeño—, pero por fortuna William había mostrado la misma determinación por evitarla a ella.

«¿William amará a su esposa? Debió de amarla en algún momento. Se casó con ella.»

Amapola los recibió junto a la puerta. Se restregó contra la pierna de William, como si quisiera consolarlo, mientras él anotaba los nombres de sus alumnos. Después se agachó y la acarició, distraído, mientras le entregaba la lista a Belle.

—Gracias por ocuparte de esto, Belle. Lamento causarte tantas molestias.

—No es nada. Lo haré encantada.

Belle no supo si William la estaba escuchando. Tenía el ceño fruncido y la mirada ausente. William asintió, y después salió por la puerta y recorrió el camino de entrada a la casa.

—¡Buen viaje! Espero que cuando llegues tu esposa se encuentre mejor.

William alzó la mano a modo de respuesta, pero no se detuvo. No tardó en desaparecer de la vista.

Belle suspiró, cerró la puerta, y cuando se dio la vuelta vio a *Amapola* sentada sobre la alfombra, mirándola.

—No me mires así. No me alegro de que su esposa esté al borde de la muerte.

Amapola siguió mirándola.

—Está bien, puede que me alegre un poco.

Era algo horrible de admitir. Se dejó caer sobre el raído sofá rojo y se quedó contemplando el espantoso cuadro colgado de la pared que representaba a un perro con un pájaro muerto entre los dientes. ¿En qué estarían pensando para poner algo así en la sala de estar de una soltera?

Aunque la atmósfera sombría y sanguinolenta del cuadro concordaba con su estado anímico.

Amapola debió de percibir esos pensamientos funestos, pues dio un brinco y se sentó sobre el regazo de Belle. A la joven le sorprendió lo reconfortante que resultaba la calidez de su cuerpo. Le acarició las orejas.

Había intentado odiar a William durante esos siete meses. Era más sencillo odiarle a él que odiarse a sí misma, y buena parte de la culpa había sido suya.

«Pero habría parado si se lo hubiera pedido. De hecho, paró, y en un punto en el que la mayoría de los hombres no lo habría hecho.»

Para ser sincera, lo que la atormentaba no era tanto lo que William había hecho o dejado de hacer. Era lo que había despertado en ella. Ahora vivía con la compañía constante y desagradable del deseo. No podía ver a William u oír su voz sin que ese ansia desesperada fluyera por sus entrañas.

Amapola se solidarizó con Belle restregando la cabeza contra su cuerpo.

O puede que sencillamente le picara la oreja.

Belle sabía que William no estaba enamorado de ella cuando se acostaron en Benton. Le gustaba, eran amigos, se habían criado juntos... pero no la amaba. El matrimonio nunca había entrado en sus planes, y aunque hubiera sido así, su padre no lo habría permitido. Belle también era consciente de eso. La hija de un vicario no era la pareja apropiada para el hijo del duque de Benton.

En su fuero interno, Belle había comprendido que el que antaño fuera su atractivo y encantador compañero de juegos se la había llevado a la cama solo porque ella se había mostrado dispuesta.

Tal y como había estado a punto de mostrarse siete meses atrás.

«Y yo lo deseaba, tanto en Benton como aquí. De eso no hay ninguna duda. Aunque las consecuencias...»

Se le paralizó la mano, y cerró los ojos con fuerza.

—Miau.

—Lo siento, *Amapola* —dijo, y comenzó a acariciar de nuevo a la gata.

Desde aquella noche en Spinster House, había vuelto a leer las columnas de chismes de los periódicos londinenses cuando llegaban a la biblioteca. Todos mencionaban algún escándalo en el que había estado envuelta la esposa de William.

Pobre William.

Belle frunció el ceño. No, pobre William, no. Eran necesarias dos personas para forjar un matrimonio y dos personas para arruinarlo. Él eligió casarse con su esposa. Nadie le había obligado. Tuvo que amarla...

Sintió una punzada en el corazón. Qué estúpida. Debería alegrarse de que William hubiera encontrado el amor, por breve que fuera.

Pero no era felicidad la emoción que le revolvía el estómago. Era deseo. Un deseo fogoso y apremiante.

Suspiró y le acarició las orejas a *Amapola*.

—Odio decirlo, pero si cuando William regrese a Loves Bridge está viudo, dudo que vuelva a rechazarlo otra vez.

Capítulo 5

8 de mayo de 1797

Aún no me ha llegado el periodo. Ay, cielos, debo de estar encinta. Mi padre me matará. ¿Qué debo hacer?

—del *Diario de Belle Frost.*

—No puedo creer que organizaras un funeral tan mísero. —El duque de Benton dio otro trago de *brandy*.

William miró a su padre. Se habían reunido todos los hermanos en el despacho de Benton, después de enterrar a Hortense en el panteón familiar.

Le seguía costando asimilar que su mujer se hubiera ido. Cuando llegó a su casa de Londres la encontró con vida, pero por poco. Había mezclado demasiado alcohol con demasiado opio y se había bañado en el lago Serpentine... ¡en pleno enero! Sus acompañantes, quienquiera que fuesen, habían tenido la consideración de depositarla, envuelta en una manta, ante las escaleras de la entrada. Después llamaron a la puerta y echaron a correr.

Hortense no llegó a recuperar la consciencia y murió pocas horas después de que William regresara a la ciudad.

—Así es. —Albert se sorbió la nariz como si hubiera percibido un olor desagradable—. Varias personas me lo mencionaron antes de marcharme de Londres. Les sorprendió muchísimo que no hubiera un cortejo fúnebre por la ciudad. No lo dijeron abiertamente, por supuesto, pero estaba claro que se preguntaban si estarías pasando apuros económicos, William.

Oliver asintió.

—Mis amigos dijeron lo mismo. En fin, tampoco sería una sorpresa que estuvieras sin blanca, ¿no crees? Mantener a Hortense debía de salir muy caro. —Se sirvió un poco más de *brandy*.

En realidad, no era así. William había dejado claro después de varios años de matrimonio que no pensaba seguir financiando su comportamiento autodestructivo. Sin embargo, su negativa tampoco surtió demasiado efecto. Hortense tenía muchos «amigos» que estaban encantados de allanarle el camino hacia el infierno.

—Llena también mi vaso, ¿me haces el favor, Oliver? —le pidió su padre.

Oliver le sirvió, aun cuando el médico de su padre les había dicho con rotundidad que el duque debía limitar de forma drástica su consumo de alcohol.

—Las malas lenguas se han alimentado de los actos de la pobre Hortense durante toda su vida —dijo William—. No he querido darles la oportunidad de regodearse en su muerte y burlarse de mi hipocresía.

Oliver enarcó las cejas.

—Las apariencias, William. Las apariencias son esenciales.

Oliver era un experto en apariencias. Al ser el segundón, vivía con una asignación, pero se comportaba como si algún día fuera a ser duque. Y lo sería, si conseguía sobrevivir a Albert.

—No quedaban apariencias que mantener, Oliver. Ya lo sabes. No pasaba un día sin que las columnas de chismes incluyeran alguna mención sobre las escandalosas actividades de Hortense. —William se encogió de hombros—. La alta sociedad me señaló hace mucho tiempo como objeto de sus burlas.

Durante años había intentado no hacer caso de las habladurías, actuar como si no estuviera al tanto de ellas, pero terminó por hartarse. Así que fue a esconderse a Loves Bridge... y encontró a Belle.

—Ningún hijo mío será objeto de burlas —dijo su padre, indignado, derramándose *brandy* sobre el pañuelo del cuello.

Albert carraspeó.

—No te culpes, William. Es cierto que tu matrimonio fue desafortunado, pero no podrías haber adivinado lo desastroso que llegaría a ser. Hortense era la hija de un conde, después de todo. Y todas sus hermanas tenían un comportamiento modélico.

Su padre asintió.

—Cunniff se disculpó conmigo unos años después de la boda. Aseguró desconocer que su hija fuera una fulana de tal calibre. No te culpó a ti de nada, William.

Quizá debería haberlo hecho.

Había cortejado a Hortense como si se tratara de una joven delicada y fácilmente impresionable. Nunca se había permitido ir más allá de un beso casto, y ella había actuado como si incluso eso —el más mínimo roce de sus labios sobre su mejilla— fuera una osadía tremenda.

Y entonces, durante su noche de bodas, descubrió que Hortense no era virgen.

Ella se rio y le dijo que no quería casarse con él, pero que su padre había insistido. William era hijo de un duque, después de todo, aunque fuera el más joven, y el hombre al que Hortense amaba en realidad era un humilde tendero que ya no se encontraba en Londres. Su padre se había encargado de que lo mandaran a las Indias Occidentales cuando se descubrió su relación.

Si la ira le hubiera permitido pensar con claridad, quizá hubiera comprendido que la reacción de Hortense era fruto del despecho y la bravuconería. Pero en lugar de eso, abandonó el dormitorio y salió de la casa —y de su vida—, y pasó los meses siguientes en los clubes que frecuentaba o en burdeles. En aquella época fue él, y no Hortense, quien generó más habladurías.

Dejó a su esposa en una posición muy delicada, abriéndole las puertas a lo peor que había en Londres. Cuando finalmente empezó a dormir otra vez en casa, el daño ya estaba hecho. Hortense se había juntado con muy malas compañías.

«Aun así, debería haber intentado arreglar las cosas. No era una situación tan inusual. Casi todos los aristócratas se casan por conveniencia, no por amor. Quizá hubiera podido llegar a un acuerdo, sobre todo si me hubiera tomado el tiempo necesario para comprender que era mi orgullo, y no mi corazón, el que estaba herido».

Cerró los ojos un instante.

«¿Cómo he podido ser tan idiota?»

Sentado junto al lecho de Hortense, mientras veía cómo se dirigía inexorablemente hacia la muerte, comprendió al fin la verdad. Jamás había amado a su esposa.

«¡Por Zeus! Me casé con ella solo porque me recordaba a Belle.»

—Al menos te has librado de esa mujer de una vez por todas. —El padre volvió a tender su vaso, y esta vez fue Albert quien se lo rellenó—. En mi opinión, el vicario pronunció un sermón excelente. Confío en que le dieras una contribución generosa, William.

—Lo suficiente. —Siempre había considerado al padre de Belle como un bravucón pomposo. Si había sido capaz de soportar el sermón de ese necio se debió solo a que no prestó atención a una sola palabra de lo que decía.

Quizá su padre o sus hermanos supieran por qué Belle había acabado en Loves Bridge, aunque por supuesto no se lo podía preguntar directamente.

—¿Dónde se encuentra ahora su hija?

Oliver enarcó las cejas.

—¿La hija del vicario? —Soltó un bufido—. Siempre me sorprendió que estuviera casado. Parece demasiado devoto para hacer algo tan mundano como acostarse con una mujer.

—Recuerdo vagamente a esa chica. —Albert frunció el ceño—. Tenía más o menos tu edad, ¿no es así, William?

El aludido se sacudió una mota de polvo imaginaria de sus pantalones bombachos.

—Sí, creo que sí.

Albert se encogió de hombros.

—Imagino que se casaría y se marcharía con su marido. Así es como funcionan las cosas, ¿no?

Pero las cosas no habían funcionado así para Belle. ¿Por qué?

«Porque no era virgen.»

Santo cielo. Belle se había encontrado en la misma situación que Hortense. La diferencia era que Belle jamás se habría casado con un hombre sin contarle la verdad.

«¿Confesó y la maltrató algún canalla?»

Sintió una oleada de ira y remordimiento en las entrañas.

—¿Cómo se llamaba esa chica? —El padre intentó dar otro sorbo de *brandy* y se derramó un poco encima del chaleco—. ¡Maldición! Sírveme un poco más, ¿quieres, Albert?

—¿No cree que ha bebido suficiente? —Las palabras emergieron de los labios de William antes de que pudiera contenerse. Maldición. Su padre odiaba que lo contradijeran.

—¿Cómo? ¿Ahora eres mi médico? Te agradecería que te guardaras tus opiniones para ti. —El duque alargó su vaso y Albert se lo rellenó.

—Discúlpeme. —Si su padre quería beber hasta que el alcohol se lo llevara a la tumba, no había nada que pudiera hacer al respecto, sobre todo cuando sus hermanos estaban decididos a ayudarle e inducirle a que lo hiciera—. En cuanto a la hija del vicario, se llamaba Annabelle.

Su padre dio un nuevo sorbo de *brandy,* esta vez con éxito, y asintió. Y al parecer disculpó a William por su osado comentario, dado que se dignó a responder—. Creo recordar que desapareció poco después de que regresaras a Oxford. —Frunció el entrecejo—. Mejor dicho, después de que les suplicara que te permitieran volver.

William sintió un cosquilleo inquietante en la nuca. ¿Lo habrían descubierto?

—¿A qué se debió? —preguntó Oliver.

—No tiene importancia. —Sin duda, Oliver no daría pie a un recuento de todas sus desventuras. Él era el primero que no había aprovechado bien el tiempo que pasó en Oxford.

Su padre resopló mientras se llevaba el *brandy* a los labios.

—Creo que se marchó en circunstancias poco claras. —Se encogió de hombros—. El vicario dijo que se mudó con la prima de su esposa. Nunca habla de ella, así que por supuesto yo tampoco.

«Maldita sea.»

No, era imposible que lo hubieran descubierto. De haber sido así, el vicario hubiera hablado con el duque. Aunque su padre habría descartado el matrimonio como posible solución. Para alguien de su mentalidad, la hija de un vicario no era la esposa indicada para el hijo de un duque, por mucho que ese hijo solo fuera el tercero en la línea sucesoria.

«Pero es probable que si mi padre hubiera pensado que mancillé la reputación de Belle, lo habría arreglado de tal forma que no hubiera acabado exiliada en Loves Bridge.»

—¿Por qué te interesa tanto esa chica, William? —preguntó Albert.

—Por nada en especial. —No quería que su hermano husmeara en sus asuntos. Se encogió de hombros y dio un sorbo de *brandy*. Al contrario que su padre y sus hermanos, él todavía iba por la primera copa—. Era por hablar de algo.

Oliver soltó una risita.

—¿Ya empiezas a pensar en tu próxima esposa?

Por desgracia, William aún no había tragado. Se atragantó y parte del *brandy* se le salió por la nariz.

El rato que estuvo sin poder hablar resultó ser una bendición.

—Ahí lo tienes —dijo Albert, que claramente interpretó la reacción de su hermano como una burla—. William jamás se plantearía desposar a la hija de un vicario, sobre todo si tiene una reputación cuestionable.

«Si la reputación de Belle es cuestionable, yo soy el causante.»

—Oye, no me refería a que William quisiera casarse con esa chica. —Oliver se rio—. Si es más o menos de su edad, tendrá casi cuarenta años. Un vejestorio en toda regla.

William dio otro trago de *brandy* para no cometer el terrible error de defender a una mujer de la que acababa de afirmar que no sabía nada.

—Y probablemente incapaz de darle hijos —dijo su padre—. Debes tener eso en cuenta, William, dado que ni Albert ni Oliver han considerado oportuno engendrar un heredero.

Aquel comentario tuvo el predecible efecto de provocar que ambos hermanos fulminaran al duque con la mirada. Como si no lo hubieran intentado. Albert tenía cinco hijas y Oliver cuatro.

—Es demasiado pronto para que me ponga a pensar en tener otra esposa. Cuando el cuerpo de la pobre Hortense todavía está caliente.

Oliver resopló.

—No intentes convencernos de que se te ha roto el corazón. Eso no se lo cree nadie. —Soltó una risita—. Nadie en absoluto.

Pero era cierto. Vale que la defunción de Hortense no le entristecía demasiado, pero se sentía inquieto. Su vida había dado un giro repentino y radical. Le llevaría tiempo poner en orden sus sentimientos.

«Y luego está Belle. Debo decidir qué hacer con Belle... o, mejor dicho, descubrir qué quiere ella que haga.»

—Irás a la ciudad coincidiendo con el inicio de la temporada y echarás un vistazo a la nueva cosecha de recién llegadas. —El padre miró a Albert y a Oliver—. William no debería tener ningún problema para encontrar una chica a la que desposar, ¿verdad?

—Por supuesto que no. —Oliver sonrió—. Aún no es tan feo.

Albert se sorbió la nariz.

—A las madres obsesionadas por casar a sus hijas no les importa el aspecto que tenga un hombre. Les preocupa su linaje y su billetera.

—El linaje de William es impecable —dijo el padre.

—Pero ¿qué pasa con su billetera? —Oliver miró a William—. ¿Hortense te exprimió hasta el último penique?

80

—No. —La idea de buscar esposa entre las recién presentadas en la sociedad londinense, como si de una mercancía se tratase, le resultaba nauseabunda. Casi todas serían lo bastante jóvenes como para ser sus hijas.

«Si Belle y yo hubiéramos engendrado un hijo en aquella época, el muchacho, o la muchacha, estaría ahora cerca de los veinte.»

—No pienso ponerme a buscar esposa en Londres. Mi intención es pasar un año de luto como es menester.

Su padre gruñó.

—Puede que la Temporada te provoque demasiados quebraderos de cabeza. Albert u Oliver (o, mejor dicho, sus esposas) pueden echar un vistazo por ti. Hacedlo con discreción. Después organizaremos en casa una fiesta con varias candidatas apropiadas entre las que podrás elegir.

William dejó el vaso de *brandy* vacío sobre la mesa, con tanta fuerza que tintineó. Era absurdo seguir con semejante conversación, no lo aguantaría ni un minuto más.

—No, gracias, padre. —William quería regresar a Loves Bridge con Belle. Necesitaba verla—. De verdad que no estoy preparado para volver a comprometerme de por vida. —Se puso en pie—. Y ahora, si me disculpáis, me voy a la cama. Partiré mañana temprano.

—¿Y a dónde se supone que partirás? —Su padre frunció el entrecejo—. Tus hermanos aseguran que no se te ve por Londres desde hace meses.

William se detuvo con la mano en la puerta del despacho.

—Por el momento no tengo intención de permanecer en la ciudad ni un solo día, la verdad. Si me necesitáis, Morton sabrá dónde encontrarme.

—Pero...

—Adiós, padre. —Después se dirigió a sus hermanos con un ademán de cabeza—. Albert, Oliver. —Finalmente cruzó la puerta y la cerró con firmeza al salir.

❀ ❀ ❀

Belle se sentó ante su escritorio en la biblioteca y se quedó contemplando los periódicos. Aunque sin mirarlos realmente. En su lugar veía el rostro de William.

«¿Dónde estará? ¿Cuándo volverá? Lleva fuera más de una semana.»

Dado que fue ella la que canceló sus clases, todo el mundo le había preguntado lo mismo, así como por la razón de su repentina marcha. Si conocieran su identidad, se habrían enterado del dónde y el porqué leyendo las columnas de chismes.

Pobrecillo. Era difícil distinguir las conjeturas de los hechos, pero en ningún caso eran halagüeños.

La cuestión de cuándo regresaría, sin embargo, era un completo misterio.

Belle le explicó a todo aquel que le preguntó que, según tenía entendido, William había tenido que partir para ocuparse de un asunto familiar y que regresaría en cuanto estuviera resuelto. Lo había repetido tantas veces que ya lo contaba de carrerilla.

¿Cuándo volvería? Revisó los periódicos una vez más, pero no logró encontrar mención alguna al respecto. Lo último que leyó acerca de William decía que iba a llevar el cuerpo de su esposa a Benton para su entierro. Y de aquello habían pasado varios días.

«Es posible que no vuelva.»

Apartó aquel pensamiento de su mente por enésima vez.

Por suerte, la puerta se abrió en ese momento y apareció la señorita Hutting. Belle había olvidado por completo que era miércoles por la tarde, el momento en que solía reunirse con la señorita Hutting para hablar sobre sus escritos.

—¿Ha tenido ocasión de leer mi relato, señorita Franklin?

—Sí, así es. —Belle metió la mano en el cajón donde había guardado el manuscrito—. Me gustó, pero he anotado algunas sugerencias. —Le entregó las páginas a la señorita Hutting. Belle no sentía interés por la escritura, pero había descubierto que le divertía corregir.

—Vaya.

La señorita Hutting pareció un poco alicaída.

Belle se inclinó hacia adelante para volver a examinar los papeles. Puede que se hubiera excedido un poco con las anotaciones.

—No te desanimes. No es tan malo como parece.

Y así era. La señorita Hutting solo tenía veinticuatro años. Se había pasado la vida entera en una familia grande y feliz, en un pueblo pequeño y feliz. Sus personajes eran un poco, digamos, frívolos. Pero estaban mejorando, y era innegable que la muchacha tenía buena mano con el lenguaje.

—De hecho, creo que es uno de tus mejores relatos. El protagonista me gustó bastante. Échale un vistazo y dime si estás de acuerdo con mis comentarios. —Belle sonrió—. Claro que solo son mis opiniones.

La señorita Hutting suspiró y se guardó el manuscrito en el bolso.

—Sí, lo sé, pero por lo general acierta.

La joven también había progresado mucho en lo referente a encajar las críticas durante los meses —santo cielo, años ya— que llevaba compartiendo sus escritos con Belle. Al principio discutía todos los cambios que ella le proponía, pero ahora era mucho más abierta de mente y estaba deseando esforzarse para mejorar sus relatos.

Y puede que Belle también se hubiera convertido en una correctora mejor.

—¿Ha tenido noticias del señor Wattles? —La señorita Hutting hizo un mohín—. Mi madre quiere saber cuándo se reanudarán las clases de música de Walter. El chico, por supuesto, confía en que ese momento no llegue nunca.

Belle sintió una punzada en el corazón. Qué tonta. ¿Acaso no estaba pensando ella hacía tan solo un momento en que quizá William no regresaría? Si su objetivo al venir a Loves Bridge era esconderse de su esposa, ya no existía tal necesidad.

—Lamento decir que no tengo la menor idea. No soy la confidente del señor Wattles. Simplemente dio la casualidad de que estaba con él cuando recibió la carta en la que reclamaban su presencia. —Se encogió de hombros con indiferencia, orgullosa de lo mucho que había perfeccionado ese gesto.

La señorita Hutting la miró con el ceño fruncido.

—Las señoritas Boltwood piensan que sí es usted su confidente. —Se ruborizó—. Bueno, en realidad... algo más que eso.

«¡¿Cómo?!» Malditos sean los pueblos pequeños. Y malditas sean las hermanas Boltwood en particular. Esas dos viejas solteronas siempre andaban metiendo las narices en los asuntos de los demás. Belle inspiró hondo para recuperar la compostura.

—Tonterías. ¿En qué fundamentan esas mujeres una ocurrencia tan absurda?

La señorita Hutting pareció aliviada.

—Es absurdo, ¿verdad? Yo pensaba lo mismo. ¿Por qué querría usted mandar su vida al garete por un hombre, cuando puede disfrutar de Spinster House y de su independencia?

—Eh... sí, claro. —Ay, Dios. Por William lo habría «mandado todo al garete» sin pensárselo dos veces—. Pero sigo sin comprender por qué las señoritas Boltwood piensan que mantengo una amistad con el señor Wattles. Apenas he intercambiado con él unas pocas palabras durante su estancia en Loves Bridge.

«Al menos, que sepan los lugareños.»

—Bueno, eso tiene algo que ver.

—¿Con qué?

Las hermanas Boltwood no podían estar al corriente del paso de William por su dormitorio, ¿verdad?

—La señorita Gertrude dice que es curioso hasta dónde son capaces de llegar ustedes dos para evitarse. Dijo que estaba tentada de engañarles para que se encontraran juntos en una habitación y ver qué ocurría. —La señorita Hutting se revolvió en su asiento, con un ligero gesto de incomodidad—. La señorita Cordelia apostó a que si lo hiciera saltarían chispas, y su hermana y ella se rieron de una forma muy maliciosa y molesta.

Y si alguien estaba molesta ahora, esa era Belle. Y horrorizada. Estaba convencida de haber ocultado con éxito sus sentimientos por William.

—¡Menuda ocurrencia!

—La señorita Cordelia afirmó incluso que cada vez que usted pensaba que nadie la miraba, se quedaba mirando al señor Wattles. —La señorita Hutting se ruborizó—. Como si se lo quisiera comer con los ojos. —Arrugó la nariz—. Qué desagradable. Y afirmó que él la observaba a usted de la misma manera cuando pensaba que nadie le miraba.

«¿De verdad había hecho eso William?»

—Nunca había oído unos chismes tan infundados. Esas hermanas crean montañas a partir de granos de arena.

—Ya. —La señorita Hutting cobró un repentino interés por la tela de su falda—. Pero respecto a lo de que sean infundados, en fin... —Volvió a alzar la mirada hacia Belle—. Al parecer la señorita Gertrude vio al señor Wattles entrar en Spinster House una tarde, poco después de que llegara a Loves Bridge. Se quedó observando durante una hora o así (la señorita Cordelia y ella habían acudido a visitar la tumba de su padre en el camposanto), y esperó a que volviera a salir. —La señorita Hutting frunció el ceño—. Le pregunté por qué no había dado la voz de alarma, pero según ella, pensó que usted deseaba que él la... visitara.

«¡Dios mío!»

Siempre que pudiera evitarse, lo mejor era no mentir.

Belle forzó una carcajada.

—¡Santo cielo, qué tonta soy! La señorita Gertrude debió de ver al señor Wattles el día que intentó ayudarme a descubrir cómo entró *Amapola* en la casa. Por supuesto que se marchó, seguramente poco después de que la señorita Gertrude dejara de espiarme.

Esa era la maldición que acarreaba vivir en un pueblo: nada pasa desapercibido y todo sale a a la luz.

La señorita Hutting no cambió de tema —podía llegar a ser muy obstinada—, pero al menos ahora su tono de voz denotaba desconcierto, en vez de reproche.

—Pero ¿por qué hizo eso el señor Wattles, señorita Franklin? No es apropiado que un hombre soltero se quede a solas con una señorita. ¿Acaso es un pariente o un conocido de algún tipo?

«De algún tipo.»

—El señor Wattles se limitó a comportarse como un caballero, señorita Hutting. —«Mantén la historia lo más cercana posible a la verdad»—. Le preocupaba mi seguridad.

—Pero la señorita Cordelia dijo que le vio abrazarla en la calle un rato antes, aquel día.

«¿A qué se referiría? Ah, ya...»

—No me estaba abrazando, señorita Hutting. Me estaba sujetando. Tropecé con *Amapola* y me habría caído al suelo de no ser porque el señor Wattles pasaba por allí en ese momento.

La señorita Hutting sonrió, ahora parecía mucho más aliviada.

—Me sorprende que no se cayera al suelo con usted. Está bastante envejecido, ¿no cree? Y no es demasiado robusto. —Resopló—. No obstante, supongo que dar clases de música no requiere de músculos, salvo que sea para introducir conocimientos a golpes en cráneos tan duros como los de mi hermano Walter.

¿Cómo podía la señorita Hutting decir tales cosas? William no era viejo. Y en cuanto a los músculos...

Se mordió el labio. Se supone que Belle no debería saber nada sobre los músculos de William y —sintió una oleada de lo que solo podían ser celos—, desde luego, no quería que la señorita Hutting supiera nada al respecto.

—Y usted es demasiado mayor para tales necedades, claro está, y puede estar segura de que eso fue lo que les dije a las señoritas Boltwood.

Maldición, no se habría quedado boquiabierta, ¿verdad? Belle sintió un hormigueo en los dedos que la instaba a estrangular a la señorita Hutting. Ya le enseñaría a esa niñata lo que era estar envejecido.

La señorita Hutting se ruborizó.

—Pero ellas se rieron y dijeron que usted estaba en la flor de la vida, y sin duda desesperada por... —Su rubor se intensificó.

Y también le habría gustado estrangular a las hermanas Boltwood, desde luego.

—Pero entonces la señorita Gertrude hizo callar a la señorita Cordelia y le dijo que no debía mancillar mis oídos virginales. —La señorita Hutting frunció el ceño—. Odio que la gente diga eso.

—Estoy segura de ello.

Y estaba igualmente segura de que deseaba poner fin a esa conversación. Consultó su reloj con un gesto excesivamente teatral. ¡Gracias a Dios!

—Vaya, qué tarde es. Son más de las cinco. Tengo que cerrar.

La señorita Hutting se levantó.

—Sí. Y mamá me estará buscando. Querrá que le ayude con los niños.

La señorita Hutting aguardó a que Belle cerrase la puerta de la biblioteca. Después emprendieron el camino hacia Spinster House y hacia la vicaría.

—Gracias de nuevo por leer mis escritos —dijo la señorita Hutting.

—Espero que mis sugerencias te resulten útiles. —Por impulso, Belle colocó una mano sobre el brazo de la chica—. No te desanimes. Tienes muchísimo talento.

El rostro de la joven se iluminó de repente, como si alguien hubiera prendido una vela en su interior.

—Gracias, señorita Franklin. Estoy decidida a mejorar. —Suspiró—. Ojalá pudiera disponer de tanto tiempo para mis cosas como usted. La vicaría está muy concurrida, y mamá siempre me deja a cargo de los niños pequeños. Se debe de respirar mucha paz en Spinster House.

«¿Paz? Soledad es la palabra que mejor lo describe.»

—Sí, claro, cuantísimas horas tengo para mí misma, ¿eh?

La señorita Hutting enarcó las cejas.

—¿No le gusta vivir en Spinster House?

—Por supuesto que me gusta. —Aquella casa le había salvado la vida. Belle no sabía qué habría sido de ella si no hubiera estado disponible cuando la necesitaba—. Como bien dices, es un lugar muy apacible. Y me proporciona independencia.

—Precisamente. No está al servicio de ningún hombre. No puedo expresar lo mucho que la envidio por eso. —La señorita Hutting esbozó una mueca—. Mamá sigue empeñada en casarme con el señor Barker.

El señor Barker era un granjero de la región, muy próspero y comedido, con una madre espantosa.

—Tu madre no actúa de mala fe. Seguro que solo quiere lo mejor para ti.

La señorita Hutting arrugó la nariz.

—Pero... ¿el señor Barker?

Belle se rio.

—En fin, quizá el señor Barker no sea la mejor opción.

Llegaron a Spinster House, donde se separaban sus caminos, y Belle volvió a tocar ligeramente el brazo de la señorita Hutting.

—Tu madre no puede obligarte a ir hasta el altar, menos aún cuando es tu padre quien está al otro lado de él. Él jamás aceptaría ver cómo te casas con un hombre al que no quieres.

—Lo sé. Pero desearía que mamá dejara de intentar concertarme un matrimonio. —La señorita Hutting sonrió—. Bueno, lo que de verdad me gustaría es ser la soltera de Spinster House. Sin embargo, ese puesto ya está ocupado.

—Así es.

«Aunque si William...»

No. Ella tampoco empezaría a crear montañas a partir de granos de arena.

—Que pases un buen día, señorita Hutting.

—Que pase un buen día, señorita Franklin.

Belle tomó el camino hacia Spinster House. La señorita Hutting contaba con muchas bendiciones —unos padres que la querían, hermanos y hermanas con los que compartir su vida—, y aun así no era consciente de la suerte que tenía. Era muy triste.

Pero no era asunto suyo.

Cuando abrió la puerta encontró a *Amapola* sentada en el interior. Al menos había alguien que la esperaba en casa. Se agachó para acariciarle las orejas.

—¿Y bien, me has echado de menos?

—Sí. Con todas mis fuerzas.

¡Cielos! Su corazón estuvo a punto de escaparse de su pecho. Eso no lo había dicho *Amapola*.

Capítulo 6

15 de mayo de 1797

Me sangra el labio y tengo un ojo hinchado, pero jamás les revelaré el nombre del padre de mi bebé. Por la mañana me van a enviar a casa de una prima que no tiene buena reputación. «Las fulanas con las fulanas», dijo mi padre.

—del *Diario de Belle Frost.*

—¡William! —Pronunció su nombre con un quejido ronco. Había vuelto. Había vuelto de verdad—. ¿Co... cómo has entrado?

—Por la puerta trasera. —William frunció el ceño—. No estaba cerrada. Es un peligro dejarla así.

—Ah, ya. Es verdad. Por alguna razón, *Amapola* se empeñó en salir por ahí esta mañana. Debí de olvidarme de cerrarla cuando volvió a entrar.

Belle sintió el impulso de correr hacia él, de estrecharlo entre sus brazos.

Pero se quedó quieta.

—Pensé que tenía sus propios recursos para entrar y salir.

Amapola acudió a restregarse contra la pierna de William. Él se agachó para acariciarla.

—Según le convenga. Hoy le ha parecido bien utilizar la puerta.

Santo cielo. Estaban hablando como si fueran dos desconocidos. Debía acercarse a él.

Pero fue incapaz. Sentía como si se extendiera un gran abismo entre ellos. Si Belle se quedaba en su lado, su vida se mantendría tal y como había sido durante los últimos veinte años. Si se acercaba y le tocaba, todo cambiaría.

Era mucho más seguro quedarse donde estaba.

«Cuando era joven, la pasión no me perturbaba. Dejaba que la pasión —y el amor— me guiaran, sin importar los riesgos.»

Pero ya no era joven.

—Me he enterado de la muerte de tu esposa. Lo siento mucho —dijo.

William siguió mirando al suelo, mientras no dejaba de acariciar a *Amapola*.

—Pensaba que no leías las columnas de sociedad.

—No solía hacerlo. —Se mordió el labio. No quería parecer una entrometida, pero pensó que sería una grosería no hablar de aquello—. Espero que no sufriera.

—No creo que sufriera. Aunque no lo sé con certeza.

Belle percibió el dolor que denotaba su voz y sintió una punzada en el corazón.

William se incorporó.

—Santo cielo, Belle. Debería haber supuesto que ocurriría algo así, pero a pesar de todo resultó ser una conmoción. —Se pasó una mano por el rostro—. Supongo que creemos que la vida va a seguir siempre el mismo curso hasta que de repente todo cambia.

—Sí. —Había ocurrido para bien. Aunque las sorpresas duelen. Ahora que la esposa de William había muerto, regresaría a Londres y...

«Sin embargo está aquí, en Loves Bridge.»

¿De verdad quería que su vida siguiera su curso, día tras día, siempre igual?

Siempre sola.

Sí. En el fondo, así era como estaba todo el mundo: solo. Es mejor depender de uno mismo y no de otra persona. De lo contrario, otorgas a la gente el suficiente poder como para que pueda hacerte daño.

Miró al suelo. Diantres, *Amapola* la estaba fulminando con la mirada.

«Tú no lo entiendes. Eres un gato, por amor de Dios. No puedo hacerlo. Sé que dije que podría, pero eso fue antes, cuando William estaba fuera. Ahora que ha vuelto... Si me acerco a él, no seré capaz de soportar su marcha. Casi no pude soportarlo hace veinte años.»

Amapola siguió mirándola fijamente, retorciendo la cola.

—¿Cuándo regresarás a Londres?

«Eso es. Recuerda que solo está aquí de paso. Pronto, quizá en unos pocos días, recuperaré la paz.»

William la miró, con los ojos achicados en un gesto de aflicción. De abatimiento.

A Belle le dio un vuelco el corazón.

«¿La paz? No. Salvo que sea la paz que conlleva la muerte.»

Belle se levantaba por la mañana y se iba a la cama por la noche, cumplía todas las tareas cotidianas, pero había estado muerta por dentro. Incluso un breve lapso de tiempo junto a William compensaría el dolor de tantos años de ausencia.

William dejó escapar un sonoro suspiro y torció el gesto.

—No lo sé. Vine aquí para huir de las habladurías, Belle, pero las habladurías persisten en la ciudad. La muerte de Hortense no las ha contenido. —Se encorvó—. Y, para decirlo más claro, ya no se me ha perdido nada allí. Estoy harto de los aristócratas y de sus tejemanejes.

«Y yo estoy harta de existir en lugar de vivir. Quiero recuperar la valentía, la misma que tenía cuando era una niña. William me necesita. No puedo permitirme tener miedo.»

Belle cruzó la distancia que los separaba y le tocó el brazo.

—¿Por qué has venido a verme, William?

Él se quedó mirándola, apretando los dientes. Belle le vio tragar saliva, vio cómo sus fosas nasales se dilataban... y después vio cómo sus ojos se empañaban de lágrimas.

—Oh, William. —Lo estrechó entre sus brazos.

—Belle. —Pronunció su nombre como si se lo hubieran arrancado de los labios. La apretó contra su cuerpo con tanta fuerza que Belle apenas podía respirar—. Belle. Oh, Dios, Belle. —Hundió su rostro en su cabello.

—Todo irá bien. —Belle apenas alcanzó a susurrar, debido a la presión del abrazo de William—. Todo irá bien. —Le acarició la espalda. Tenía el cuerpo tan tenso como la cuerda de un arco.

Finalmente, William se estremeció, la soltó y sacó rápidamente su pañuelo, pero no antes de que Belle comprobara que tenía los ojos enrojecidos. El hombre desvió la mirada mientras se sonaba la nariz.

—¿Te apetece una copa de *brandy,* William?

Él enarcó una ceja, pero la simpatía de aquel gesto se echó a perder a causa del enrojecimiento de su rostro

—¿Tienes *brandy*?

Belle asintió y le agarró del brazo para acompañarlo hasta el incómodo sofá rojo. Por fortuna las contraventanas estaban cerradas. Solo faltaba que las señoritas Boltwood avistaran a William en su sala de estar.

—Una de las primeras solteras de la casa, o quizá la propia Isabelle Dorring, era muy aficionada a las bebidas espirituosas.

Le dio un suave empujón para que se sentara y después fue a buscar el *brandy* y un vaso. Cuando regresó, *Amapola* se había recostado junto a él.

—¿Solo traes un vaso? —A William le tembló un poco la mano cuando tomó el que le entregaba Belle.

—Yo no bebo.

—¿Nunca? Ven, siéntate. —Levantó a *Amapola* en brazos y la colocó sobre su regazo. Curiosamente, la gata no se revolvió.

—Casi nunca. —Belle se sentó en el borde del sofá. No debería estar tan cerca de él. Una cosa era ser valiente. Otra distinta era ser insensata—. ¿Se ha añejado?

William lo probó.

—No. En realidad, está muy bueno. —Le ofreció el *brandy* a Belle—. Ten. Prueba un poco.

—Está bien.

Ella dio un sorbo cauteloso. Su boca se vio inundada por una oleada de calor que se deslizó por su garganta. La opresión y el nerviosismo que sentía en el estómago comenzaron a apaciguarse. Dio otro sorbito.

Ahora se sentía más valiente.

O quizá más insensata.

—¿Está bueno?

Belle asintió y bajó la mirada hacia *Amapola*. Diantres, la gata daba muestras de estar muy a gusto, incluso feliz, mientras William le acariciaba las orejas con sus robustos dedos. Eso provocó que...

«Santo cielo, estoy celosa de un gato.»

William extendió el brazo libre por el respaldo del sofá.

—No hace falta que te sientes tan al borde, Belle. Acércate más. —Sonrió ligeramente—. No debes tener miedo de mí.

—No tengo miedo de ti.

«Tengo miedo de mí misma.»

Se deslizó para sentarse junto a él, y él aprovechó para acercar el brazo todavía más, de forma que Belle quedó aprisionada contra su costado. Fue una sensación maravillosa. Cada vez se sentía más relajada.

Se quedaron así sentados durante un rato, hasta que William rompió el silencio.

—He comprendido, Belle, mientras veía morir a Hortense, lo culpable que he sido de su sufrimiento.

Belle se puso en tensión. ¿Cómo? ¡William no podía considerarse culpable!

—No. He leído en las columnas de chismes acerca de sus... actividades. Tú no la obligaste a acudir a esas horribles fiestas ni a comportarse de una forma tan escandalosa.

El hombre suspiró.

—En cierto modo, sí. No fui atento ni comprensivo, sobre todo al comienzo de nuestro matrimonio, cuando quizá hubiera podido cambiar las cosas. Ojalá hubiera...

Belle le colocó un dedo sobre los labios para interrumpirle.

—No. Te estás dando demasiado crédito. Cada cual elige su propio camino. No creo que todas las damas de Londres que tengan un marido distante se entreguen a la mala vida.

William frunció el ceño.

—Debería haberlo hecho mejor.

—Todos tenemos remordimientos, cosas que haríamos de otra forma si tuviéramos la oportunidad. Te casaste muy joven.

«¿Me arrepiento de lo que hice con William hace tantos años?»

«No. A pesar del dolor y de la pérdida, no cambiaría nada.»

—Tenía diecinueve años —dijo William—. Diecinueve ya es edad suficiente para arruinarse la vida.

—No arruinaste tu vida. Sencillamente tomó una dirección que no habías planeado. —Igual que la suya—. Aprendiste cosas que no habrías aprendido de haber obrado de otro modo.

Él resopló.

—William, no se puede cambiar el pasado. Solo podemos vivir el presente.

«Él está aquí, y ya no está casado. Puedo consolarlo, y él puede consolarme a mí».

Belle apoyó la cabeza sobre su hombro, inspirando su aroma. William. Durante toda su vida, solo había conseguido rehuir la soledad cuando estaba a su lado.

Sintió un ligero estertor de deseo en el estómago.

Deslizó los labios sobre su frente.

—¿Cansado?

—Mmm. Creo que me gustaría irme a la cama.

Amapola se quedó mirando a Belle, después saltó del regazo de William y subió corriendo por las escaleras.

—Entonces nos vemos mañana. —El hombre se puso en pie y ayudó a Belle a levantarse—. Gracias por escucharme.

Belle agarró a William por la muñeca.

—No te marches.

Él frunció el ceño.

—¿Qué quieres decir?

—Quiero decir que te quedes conmigo esta noche. Si tú quieres, claro está. Si estás preparado. —Le acarició la mejilla—. Quiero amarte.

Y entonces se puso de puntillas para besarle en la boca.

※ ※ ※

¡Por Zeus! El roce de los labios de Belle le provocó un estallido de deseo comparable a un relámpago, seguido de inmediato por el atronador estruendo de la lujuria. Apretó a Belle contra su...

No.

No quería que creyera que era eso lo que buscaba. No había acudido a ella para aliviar su cuerpo, sino su mente.

Y tal vez su alma.

Aflojó la presión de su abrazo y la miró a los ojos. Parte de su cabello se había liberado de sus horquillas. William se lo colocó por detrás de la oreja y se obligó a sonreír.

—Eres la soltera de esta casa, ¿recuerdas? Has renunciado a los hombres.

—Puede que sea soltera, pero jamás he renunciado a los hombres. —Presionó la mejilla contra el pecho de él—. Jamás he renunciado a ti.

La voluntad de William empezó a flaquear.

—Belle. —Incluso él percibió el anhelo que denotaba su voz—. Solo he venido para verte y hablar contigo. —Y para abrazarla, sí. Pero acostarse con ella no entraba en sus planes. De eso estaba seguro—. No he venido con segundas intenciones.

Ella le miró a los ojos, mientras seguía estrechándolo entre sus brazos.

—Lo sé.

—No voy a pedirte...

Belle apretó la mandíbula.

—Lo sé.

—¿Entonces a qué viene esto? —«Santo cielo, ¿acaso ella pensaba que...?». William dejó de abrazarla y retrocedió—. No busco caridad. No necesito tu compasión.

Maldita sea, la sola idea le resultaba nauseabunda.

—Y no te la estoy ofreciendo. Quiero hacerlo. —Belle lo miraba con el ceño fruncido, pero William hubiera jurado que también había dolor en su mirada—. La última vez que estuviste aquí, te debías a tus votos matrimoniales. Pero ahora ya no es así. Me siento sola, muy sola. Y creo que tú también. ¿Qué daño podría causar a nadie que dos amigos encuentren consuelo el uno en el otro?

William nunca había buscado consuelo en el lecho de una mujer, más allá del evidente consuelo del desahogo físico.

—Hubo algo maravilloso entre nosotros, ¿no es así, William?

—Sí. —Santo cielo, sí. Aquellas semanas en Benton le habían proporcionado tanto placer, tanta paz.

—Vamos a comprobar si podemos recuperarlo.

¿Qué daño podría causar? Belle tenía razón: ya no se debía a ningún voto. Había sido muy cuidadoso para que no le vieran entrar en Spinster House. La reputación de Belle no debía correr ningún riesgo.

«Debería casarme con Belle antes de acostarme con ella.»

Pero Belle no estaba buscando la bendición de un clérigo. Nunca lo había hecho.

Y ahora William estaba allí, y se sentía solo, muy solo.

—¿Estás segura?

Belle sonrió.

—Jamás había estado tan segura de nada en toda mi vida.

—¿No cambiarás de idea en el último momento como hiciste la última vez? No quiero volver a pasar por eso.

—No cambiaré de idea.

William cerró los ojos un instante. Su cuerpo era un torrente de emociones: alivio, lujuria, expectación, deseo, ansia, gratitud, y una sensación extraña semejante a la veneración.

Qué absurdo. Lo que estaban a punto de hacer no tenía nada de venerable. Sonrió. Estaba decidido a que aquel encuentro fuera profunda y satisfactoriamente carnal.

—Entonces acepto con gusto tu invitación.

Subieron casi a la carrera por las escaleras que conducían al dormitorio de Belle. *Amapola* había llegado allí antes que ellos, pero cuando entraron se apeó de la cama con un salto y se acurrucó sobre la silla.

—Creo que *Amapola* nos ha dado su bendición —susurró William mientras extraía las horquillas que quedaban en el cabello de Belle. Después procedió a desabrocharse el chaleco con destreza.

—Es un animal muy inteligente. —Belle tiró de la camisa de William para sacársela de los pantalones.

Se despojaron de sus prendas con brío. Cuando al fin estuvieron desnudos, William estrechó a Belle entre sus brazos y deslizó las manos por su espalda, presionando su cuerpo contra el suyo. Jamás se había sentido tan bien al tocar a ninguna otra mujer.

—Vamos a la cama, William. —Belle le dio un beso en la parte inferior de la mandíbula y flexionó las caderas contra su pene. Su voz adoptó un tono seductor, la tenía entrecortada a causa del mismo anhelo que bullía en el interior de él.

—Sí. —William apartó la colcha de un tirón y levantó a Belle en vilo para sentarla sobre el colchón. Después le separó las piernas y se colocó entre ellas para poder admirar y tocar todo su cuerpo—. Dios mío, Belle, eres tan hermosa.

Ella se ruborizó —William podía verlo todo, todo— e intentó cubrirse.

—No, no lo soy.

—Sí que lo eres. —Él le agarró las manos y las apartó a un lado—. No te escondas.

Belle frunció el ceño... y después sonrió.

—Tienes razón. No voy a seguir ocultándome más... al menos, no mientras esté contigo. —Se inclinó hacia adelante, le besó el pecho y deslizó las manos hasta su trasero—. Y tú también eres hermoso.

William se rio y trazó el contorno de uno de sus pechos con el dedo, observando cómo se endurecía el pezón. Entonces oyó que Belle profería un ruidito.

—Estás ronroneando como *Amapola*.

Ella sonrió con timidez.

—Me entraron celos al ver cómo la acariciabas.

—¿En serio? Pues yo estaba deseando acariciarte a ti, aunque de una forma muy distinta. —Extendió las manos por su cuerpo, acunando sus pechos, trazando la curvatura de sus caderas, deslizándose sobre los muslos hasta los suaves rizos que asomaban entre ellos. Introdujo un dedo...

—¡Oh, oh, William! —Belle intentó cerrar las piernas, pero William las mantuvo separadas con su cuerpo.

—Estás tan mojada. Tan ardiente. Preparada para mí.

—Oh. —El aliento de Belle emergía en pequeños jadeos—. Sí. —Tiró de William para acercarlo más, mientras su lengua asomaba para humedecer sus labios—. Ahora. Por favor.

Sí, ahora. Él necesitaba sumergirse en ella tanto como respirar. Nunca antes había sentido algo tan intenso.

No, eso no era cierto. Sí lo había sentido antes: veinte años atrás, en la finca de su padre, cuando amó por primera vez a aquella mujer. El deseo que sentía por ella trascendía lo meramente físico.

Se tumbó junto a ella en la cama, empezó a besarla, a besarla por todas partes: en los labios, en el cuello, en los pechos, en el vientre, en los rizos inferiores...

—¡William! ¿Qué estás haciendo?

Cierto. Su apasionada Belle era ahora una solterona. Sabía, por cómo la trataban los lugareños y por cómo hablaban de ella las hermanas Boltwood, que había llevado una vida casta y recatada. Debía proceder despacio.

No supo si sería capaz.

—Te estoy amando, Belle. Estoy amando hasta la última parte de tu cuerpo. —Deslizó la lengua por el hoyuelo que tenía en la barbilla, saboreó su cuerpo mientras inspiraba su maravilloso aroma a almizcle. Por Zeus. Era una mujer como no había otra—. Santo cielo, cómo te he echado de menos.

Le iba a estallar el miembro si no se daba prisa.

Pero no podía. Belle merecía ser amada despacio y con minuciosidad. Y él ya no era un muchacho. Esta vez debía tener cuidado. No podía creer la suerte que tuvieron de que Belle no concibiera en aquel entonces.

Aunque si hubiera sido así...

«Mi padre se habría puesto furioso, pero sin duda nos habría permitido casarnos si yo hubiera insistido.»

«¿Habría insistido?»

Apartó de la cabeza aquella pregunta. Como había dicho Belle, el pasado no se puede cambiar. Era el presente lo que importaba.

Se detuvo para contemplar su rostro, y lanzó una promesa, dirigida tanto a ella como a él:

—No te haré correr ningún riesgo, Belle. Me apartaré a tiempo.

Belle sonrió... o lo hicieron sus labios. Sus ojos tenían una expresión triste.

—No pasa nada, William. Tengo treinta y siete años. No puedo concebir.

William frunció el ceño.

—Treinta y siete años no son tantos. Aún tienes el periodo, ¿verdad?

—Sí, pero... —Belle apartó la mirada—. Verás, mi madre tampoco pudo tener hijos. —Sonrió, pero le temblaban los labios—. Salvo a mí.

—Vaya. —William debería haberse alegrado de que fuera estéril, pero no pudo. Belle habría sido una madre maravillosa—. Lo siento.

Ella se encogió de hombros.

—Gracias a eso, todo será más fácil.

Era verdad, pero ciertas cosas no deberían ser fáciles.

—Belle...

La mujer le puso un dedo sobre los labios.

—No hablemos de eso, William. No hablemos de nada. —Sonrió, aunque aún persistía un rastro de melancolía en su mirada—. Amémonos sin más.

La mente de William quería replicar, pero su cuerpo le instaba a seguir adelante. Ya hablarían más tarde.

Belle deslizó la mano por su pecho y colocó los dedos sobre su miembro.

Al final el cuerpo se salió con la suya.

William la besó, le besó los labios y el cuello y sus hermosos pechos. Provocó que suspirase y gimiera y se arquease para él. Puso en práctica todo aquello con lo que daba placer a las mujeres, pero esta vez fue distinto. No se trataba de una mujer receptiva con la que compartir lecho. Se trataba de Belle. De la generosa, vitalista, inteligente, bondadosa y valiente Belle.

Esta vez su corazón estuvo tan implicado en el acto como su pene. El calor de Belle derritió una parte de él que no sabía que estaba congelada. El gozo que sentía Belle cicatrizó una herida supurante. Y cuando finalmente se zambulló en su cuerpo, tuvo la sensación de haber regresado a su hogar.

Capítulo 7

18 de mayo de 1797

La prima de mi madre, la señora Conklin, me ha acogido, pero no puedo quedarme aquí mucho tiempo. Mi padre tenía razón. Es una fulana, pero es mucho mejor cristiana que él.

—del *Diario de Belle Frost.*

Belle se quedó dormida. Estaba teniendo un sueño asombroso. La mano de un hombre, grande y cálida, le acunaba un pecho. Sintió el roce de un pulgar sobre el pezón, provocando una oleada de calor y deseo que le recorrió el cuerpo. Deseaba...

—Buenos días, Belle. —Alguien le susurró al oído esas palabras.

Era William. Seguía allí. La última noche no había sido fruto de su imaginación. Se dio la vuelta para mirarle.

William sonrió, nunca se había mostrado tan relajado desde que llegó a Loves Bridge.

—Buenos días.

Belle le deslizó un dedo por la mejilla. Estaba áspera por la barba incipiente. Ninguna de aquellas veces que se acostaron en Benton habían dormido juntos. Belle nunca le había visto sin afeitar. Aquello le produjo una inaudita sensación de intimidad.

El gesto de William se agudizó de repente. Estaba mirando hacia...

Claro. Belle seguía desnuda bajo la colcha. Deslizó la mano por la mejilla de William, y por la barbilla y por el cuello hasta llegar al hombro.

Él también seguía desnudo.

El deseo prendió, endureciendo sus pezones, extendiéndose hacia un punto concreto situado entre sus piernas. Debió de gemir un poco, porque William atravesó el pequeño espacio que los separaba y rozó sus labios con los de Belle.

Fue como la chispa que hace prender la yesca. Todo —cada duda, cada reticencia— se convirtió en humo, dejando solo la ardiente necesidad de entregarse a él. Belle abrió la boca, le puso una mano en la nuca para acercarlo más y presionó el cuerpo contra el suyo, colocando la pierna superior sobre su cadera. Deslizó la otra mano hacia abajo y le tocó el pene. Era robusto, grueso y largo, y Belle quería sentirlo dentro.

Ahora.

William la complació. Con un movimiento fluido, recostó a Belle de espaldas y se introdujo a fondo en ella. Belle no cabía en sí de gozo cuando William la penetró, envuelta por intensas oleadas de placer que se extendían desde el fondo mismo de su ser. Entonces, cuando la sensación comenzó a mitigarse, sintió la respuesta del cuerpo de William: su cálida semilla palpitando en su interior.

Si pudiera volver a engendrar.

«Debería decírselo. Merece saber lo del bebé.»

¿Por qué? Aquello había ocurrido hacía veinte años. No había necesidad de arruinar ese momento tan hermoso por culpa del pasado.

William se desplomó encima de ella.

—Mujer, vas a acabar conmigo si piensas saludarme de esta forma todas las mañanas.

Belle deslizó una mano por su espalda sudorosa. ¿Iba a saludarle todas las mañanas?

Tampoco quería arruinar el presente con pensamientos sobre el futuro. En vez de eso, besó a William con detenimiento y ternura... y sintió cómo su pene comenzaba a erguirse de nuevo.

William se apartó.

—Oh, no, nada de eso, bruja seductora. —La besó en la nariz—. *Amapola* nos está mirando con mala cara. Me parece que nos hemos quedado dormidos.

¿Dormidos?

—¡Oh, no! —Belle se incorporó a toda prisa. Efectivamente, *Amapola* los estaba mirando con mala cara desde la silla situada junto a la ventana—. ¿Qué hora es?

—Las ocho y media.

—Llegaré tarde a abrir la biblioteca. —Salió a toda prisa de la cama.

—¿Y? Nunca hay nadie allí a estas horas, ¿verdad?

—No, pero... —Miró de reojo a William. Estaba sentado en la cama, con la colcha caída hasta la cintura, dejando expuesto el pecho y sus magníficos hombros.

Y la estaba mirando fijamente.

—Deja de mirarme. —Belle se dio la vuelta, recogió su vestido y se lo metió por la cabeza.

—¿Por qué? Tú me estás mirando a mí. —Se rio—. Y me gusta admirarte. Eres preciosa, Belle.

—No deberías decir eso. —Belle se abrochó el corpiño.

—¿Por qué no? Es la verdad.

Belle oyó un crujido procedente del colchón. Se dio la vuelta y comprobó que William se estaba acercando hacia ella. Su desnudez no le incomodaba en absoluto. Y hablando de hermosura... Puede que William estuviera próximo a los cuarenta, pero parecía como si aún tuviera veinte años.

—Me estás mirando otra vez —dijo William.

Belle se obligó a dirigir la mirada desde su pene, que se estaba endureciendo, hacia su atractivo rostro.

—No, no es verdad.

—Mentirosa. —William se inclinó hacia adelante para besarla, y ella...

Ella lo apartó. Tenía que vestirse.

—Si no llego a tiempo a la biblioteca, la gente se extrañará. Y se pondrán a hablar. De hecho, ya han empezado a hacerlo. Las hermanas Boltwood...

William le colocó un dedo sobre los labios.

—¿Dónde está mi valiente Belle de anoche? Entonces no te preocupaba lo que pudiera decir la gente.

Sí, pero eso había sido anoche. Bajo la severa luz del día, las cosas se veían de otra manera.

—Este es un pueblo pequeño. No puedo perder mi reputación.

—Lo sé. —Arrugó la frente mientras veía cómo se abrochaba el vestido—. ¿Significa eso que lo de anoche, y lo de esta mañana, no se podrá repetir?

El cuerpo de Belle se rebeló ante aquella posibilidad. Tal vez fuera de día, pero seguía resultando difícil pensar racionalmente con un hombre desnudo en su dormitorio.

—No... no lo sé.

—¿Quieres que vuelva?

—S... sí. —Que Dios la perdonara, pero lo deseaba más que nada en el mundo.

William sonrió, y su sonrisa deslumbró a Belle.

—Entonces debemos ser discretos. Vendré por la noche, me deslizaré por la puerta de atrás y usaré esa misma salida por la mañana, antes de que salga el sol. No se enterará nadie.

Belle debería negarse, pero ¿cómo podía renunciar a ese placer con el que acababa de reencontrarse? Una mujer hambrienta no puede negarse a comer, ¿verdad?

—¿Podrás ser tan discreto?

—Podré. —Se rio—. Y si alguien pregunta, te estoy dando clases de música. —Le dirigió una mirada pícara y al mismo tiempo lasciva—. Solo que el instrumento que vamos a tocar no será el clavicémbalo.

Sus palabras puntearon las cuerdas que conectaban los pechos de Belle con su matriz.

Se apretó las manos con fuerza, deseando contener aquella seductora vibración.

Pero no se contuvo.

«Debería negarme.»

Pero fue incapaz de hacerlo.

—De acuerdo, sí. Está bien. Ven... —Tragó saliva, el deseo le había secado la boca—. Ven esta noche, y todas las siguientes.

✳ ✳ ✳

Belle pasó los siguientes meses sumida en un halo de deseo. Al principio le aterrorizaba que pudieran descubrirlos, pero sus encuentros no tardaron en convertirse en un juego. Se saludaban con un educado ademán de cabeza cuando se cruzaban en la calle por el día, y después se metían juntos en la cama cuando llegaba la noche.

Mientras Belle estaba sola en la biblioteca, los escrúpulos asomaban sus cabecitas ominosas. Le inquietaba el pasado, el hijo que había perdido, se preguntaba si debía contárselo a William... No, mejor dicho, se preguntaba cuándo debería hacerlo.

Y le inquietaba el futuro. La casa para solteras se convertiría en un lugar muy triste cuando William regresara a Londres. Y regresaría. Debía casarse de nuevo. Sus hermanos solo tenían hijas, así que el ducado seguía necesitando un heredero.

«Dios mío. William con una nueva esposa...»

El dolor era tan intenso que apenas le permitía respirar.

Pero el pasado y el futuro desaparecían de sus pensamientos cuando estaba con él. En esos momentos solo vivía para ese presente maravilloso y seductor.

Y así fue hasta un día de principios de mayo. Belle estaba sola en la biblioteca, leyendo uno de los relatos de la señorita Hutting, cuando la puerta se abrió y William entró en compañía de otro hombre. Él jamás entraba en la biblioteca. Y parecía muy... turbado.

«Dios mío.»

—Buenas tardes, caballeros. ¿Puedo ayudarles? —Se esforzó por contener los temblores que le aquejaban la voz.

—Señorita Franklin, me temo que debo abusar de su amabilidad una vez más —dijo William. De algún modo, su voz también reflejaba turbación.

—Po... por supuesto, señor Wattles. —Belle miró de reojo al otro hombre.

William se sobresaltó, como si hubiera recordado de repente que había venido acompañado.

—Le pido disculpas. Este es el señor Morton. Acaba de llegar de Londres para decirme que mi padre se encuentra gravemente enfermo.

—Oh, Wil... —No, no debía usar su nombre de pila—. Señor Wattles, lo siento muchísimo. Dígame, ¿se trata de una enfermedad repentina?

William frunció los labios.

—Mi padre lleva mucho tiempo afirmando que se encuentra a las puertas de la muerte, pero el señor Morton me asegura que finalmente ha empezado a cruzar el umbral.

Su acompañante frunció el ceño.

—Mi señor...

Así que conocía su verdadera identidad. Claro, Morton era el nombre del secretario de William.

William le interrumpió.

—Sí, tiene razón. No debería hablar así de mi padre, pero como sabe, me ha hecho regresar corriendo a Benton más veces de las que puedo contar. —Volvió a mirar a Belle—. Así pues, señorita Franklin, ¿le importaría volver a hablar con mis alumnos para decirles que no podré impartir sus clases? Confío en no estar fuera más de una semana... una quincena a lo sumo.

«¿Una semana? ¿O una quincena? ¿Cómo podré soportar siquiera una sola noche sin que William esté a mi lado en la cama?»

—Por supuesto. Estaré encantada de hacerlo, señor Wattles.

—Lo siento... —Él la miró fijamente, como si quisiera añadir algo más, pero no tardó en apartar la mirada—. Siento causarle la molestia de tener que avisar a mis alumnos una vez más.

—No es ninguna molestia. —Lo difícil era no poder consolarle, ni siquiera admitir que eran algo más que simples conocidos. Belle se obligó a sonreír—. Espero que su padre se encuentre mucho mejor cuando vaya a verle.

—Lord... —Morton se interrumpió—. Señor Wattles, será mejor que nos marchemos. Su hermano insistió mucho en que nos diéramos prisa.

—Está bien. Que pase un buen día, señorita Franklin. Y gracias de nuevo.

Entonces William se dio la vuelta y despareció junto con el señor Morton. El sonido de la puerta al cerrarse dio la impresión de poner fin a una etapa.

Añoró muchísimo a William aquella noche. Sintió un vacío tremendo en la cama, pese a que *Amapola* se quedó a su lado. No durmió apenas, y cuando se despertó, se sintió cansada y con el cuerpo dolorido. Y tenía el estómago revuelto. Muy revuelto.

Se encorvó sobre el orinal.

—Ugh. Supongo que es mejor que William no esté, *Amapola*. No querría que se le revolviera el estómago a él también.

Abrió la ventana y tiró el desagradable contenido del orinal sobre el descuidado jardín. Cuando se dio la vuelta, se dio cuenta de que *Amapola* la estaba mirando.

—No te preocupes. Seguro que en un rato me sentiré mejor.

Y efectivamente se sintió un poco mejor conforme avanzó el día. Al menos las náuseas remitieron. Aunque no se recuperó del cansancio, y siguió teniendo los pechos hinchados y doloridos. Sería por la necesidad de sentir en ellos las manos de William, nada más. Su roce los sanaría. Y dormiría mejor cuando lo tuviera a su lado.

Aquella noche recurrió a darse placer ella misma, pero el alivio físico, cuando llegó, solo sirvió para incrementar su soledad.

Y después, por la mañana, volvió a encorvarse sobre el orinal. Aunque ya no le quedaba mucho que vomitar. Se le quitaron las ganas de comer durante un tiempo, y le pareció un incordio prepararse la cena la noche anterior...

«Dios mío.»

No era la primera vez que sentía esas náuseas y ese agotamiento.

«No. No es posible.»

Le flaquearon las piernas y se dejó caer sobre la silla. Por suerte, *Amapola* acababa de bajar al suelo, así que Belle no se sentó encima de ella.

Se quedó mirando a la gata. La gata le devolvió la mirada.

—Tengo treinta y siete años.

Amapola siguió mirándola fijamente.

—Es una edad demasiado avanzada para quedarse embarazada —le dijo.

Amapola se rascó una oreja y volvió a mirar a Belle. No parecía estar de acuerdo con su afirmación.

Pero *Amapola* era una gata. No sabía nada sobre el cuerpo de una mujer.

—Al menos, es demasiado avanzada para mí. Las mujeres de mi familia no son especialmente fértiles.

Las «mujeres» de su familia se reducían a una sola mujer: su madre.

«¿Cuándo fue la última vez que tuve el periodo?»

Se puso a pensar...

«¡Santo cielo!» Se le revolvió de nuevo el estómago. Ahora lo recordaba. El mes anterior se alegró mucho de que su periodo fuera tan ligero que no impidió que William entrara en su cama. Le pareció extraño, pero a caballo regalado no se le mira el diente.

A caballo regalado... Ese regalo había resultado ser otra cosa completamente distinta.

Otra persona.

La habitación empezó a dar vueltas.

Colocó la cabeza entre sus piernas e intentó respirar con normalidad. No podía ser.

«Tranquilízate. Si estoy encinta... y no creo que sea eso... lo más probable es que pierda el bebé como la última vez.»

«Dios mío, Dios mío, Dios mío. ¡No! No puedo perder otro hijo de William.»

«Pero tampoco puedo tener un bebé fuera del matrimonio.»

«¿Qué voy a hacer?»

«Tranquilízate.»

Inspiró hondo y se incorporó. Cuando una mujer se hace mayor, sus periodos se tornan irregulares hasta que se interrumpen. Seguramente sería eso. No había nada de qué preocuparse. Pronto se arreglaría todo. Era muy improbable que pudiera concebir.

Miró a *Amapola*.

—No pasa nada. Todo saldrá bien. William no tiene por qué enterarse. —Se le derramaron unas lágrimas de los ojos, y se las enjugó con un manotazo—. No tiene por qué ca... cambiar nada.

Incluso ella fue consciente del tono de desesperación que denotaba su voz.

Hundió el rostro entre las manos y sollozó hasta que le entraron nuevas ganas de vomitar.

Se le estaba haciendo muy tarde para abrir la biblioteca aquella mañana.

William se sentó en la cabecera del lecho de su padre y se quedó mirando a la pared. No podía creerse lo que estaba pasando. Enseguida, pensaba, se despertaría en la cama de Belle y descubriría que todo había sido fruto de una pesadilla.

Su padre tenía la respiración entrecortada, pero aun así se esforzaba por hablar.

—¿Albert? ¿Oliver?

«¿Qué puedo decirle?»

—Están aquí.

—¿Dónde? —Su padre escrutó las sombras de la habitación.

—En el piso de abajo.

«En el fondo no le estoy mintiendo.»

Su padre le dirigió una mirada que llevaba implícita una pregunta muy clara. Pero William se sintió incapaz de responderla. No podía soportar la idea de mandar a su padre a la tumba con tales noticias.

—Están... enfermos. —Estaban muertos, después de que su carruaje se estrellara contra un árbol en su celeridad por acudir junto a su padre—. Descanse y recupérese. Entonces podrá verlos.

Colocó una mano sobre la de su padre, y el roce pareció tranquilizar al anciano. El duque cerró los ojos, y su respiración se tornó menos fatigosa. Quizá se echara a dormir un rato.

No. Su padre abrió los ojos una vez más.

—¿Albert? ¿Oliver?

«Dios mío. No podré seguir ocultándoselo por mucho más tiempo.»

—Estoy aquí, padre.

Esta vez, cuando la mirada del duque se cruzó con la suya, se agudizó.

—¿William?

—Sí, padre. Estoy aquí. No me separaré de usted.

Parte de la confusión —y sí, también pánico— desapareció del rostro del duque. Giró la mano y entrelazó sus dedos con los de su hijo.

—William. —El duque esbozó una débil sonrisa. Entonces aflojó la mano y su rostro quedó mudado de color, tornándose blanco como la cal.

Había fallecido.

—¿Excelencia? —El galeno entró en la habitación.

—Creo que ha muerto, Boyle. —William tragó saliva. Maldición, ¿de dónde salían esas malditas lágrimas?

El médico se acercó a la cama, miró al duque y asintió, confirmando lo que William ya sabía.

—Lo siento mucho, excelencia.

William estuvo a punto de soltar una carcajada.

—No puede oírle, Boyle.

El médico le miró.

—Ya lo sé, excelencia.

—Entonces, ¿por qué está...? ¡Dios mío! —Boyle se estaba dirigiendo a él.

Sintió como si le hubieran pegado un puñetazo en el estómago. Él no podía ser duque. Jamás había entrado en sus planes convertirse en duque... ni en los planes de nadie.

Y aún no lo era, gracias a Dios.

—Ya sabe que mis cuñadas podrían estar embarazadas.

—Sí. Sin embargo, dada su edad y el hecho de que las dos, por desgracia, han sufrido abortos las últimas veces que han intentado acrecentar sus familias, me parece muy improbable.

—Entiendo...

«Por todos los diablos, esto no puede estar pasando. No estaba previsto que yo me convirtiera en duque.»

El médico dejó escapar un largo suspiro.

—Espero que no le parezca un atrevimiento por mi parte, excelencia, pero debo decirle que durante mis años en la profesión he aprendido que conmociones similares a la que usted acaba de padecer pueden tener consecuencias graves. —Miró a William directamente a los ojos—. No es bueno enterrar los sentimientos. Espero que tenga alguna persona en la que pueda confiar, alguien que pueda proporcionarle el apoyo que necesita.

«Belle. Dios mío, ojalá Belle estuviera aquí ahora.»

Sintió una añoranza tan intensa que le dejó sin aliento y le provocó un nudo en el corazón.

—Gracias, doctor. Tendré en cuenta su consejo.

Por la tarde, William estaba en el porche contemplando los carruajes que traían a las esposas de sus hermanos —ya convertidas en viudas— y a sus hijas a través del camino de entrada. Se habían alojado en una posada en la carretera de Londres mientras Albert y Oliver proseguían el camino hasta Benton, a pesar de la tormenta. Aún no se habían enterado del terrible accidente. Había recaído sobre él el deber de explicarles que no se celebraría uno, sino tres funerales.

Observó cómo se detenían los carruajes y se apeaba la bandada de mujeres, ataviadas con atuendos de colores y sumidas en una cháchara jovial, que no se correspondía con las funestas noticias que las aguardaban.

Sus cuñadas enmudecieron en cuanto le vieron la cara.

—¿Qué ocurre, William? —preguntó Helena, la viuda de Albert. Verónica, la viuda de Oliver, miró a su alrededor.

—¿Dónde están nuestros maridos?

—Lo lamento mucho. Se ha producido un accidente.

—¿Un accidente? —Verónica miró a Helena.

—Santo cielo. —Helena miró a William—. ¿Nuestros maridos...? ¿Se pondrán bien?

—No. —William tragó saliva—. Han muerto.

Las mujeres y las niñas se quedaron mirándolo en silencio mientras asimilaban el significado de sus palabras, y enseguida se echaron a llorar.

Dios santo, fue horrible, casi peor que cuando él mismo se enteró de la desgracia. En esa situación se sintió conmocionado y afligido, pero al menos había tenido la posibilidad de hacer algo para mantener la mente ocupada: tranquilizar a los caballos y transportar los cuerpos de sus hermanos hasta la casa. Ahora no podía hacer otra cosa que quedarse callado y esperar a que la tormenta emocional amainara.

Nunca había tenido una relación estrecha con sus hermanos, así que tampoco la había tenido con sus esposas ni con sus hijas. No sabía qué decirles, aparte de asegurarles que lo dispondría todo de tal forma que nunca les faltara de nada.

Los siguientes días fueron igual de sombríos.

Primero tuvo que enterrar a su familia. Canalizó parte de su ira y frustración con el padre de Belle. Cuando el vicario insistió en que la muerte de tan eminentes figuras públicas exigía un prolongado panegírico, William le dijo abiertamente que ahora el duque era él, y que su trabajo consistía en cumplir su voluntad. Así que se limitarían a una ceremonia breve y sencilla.

Después tuvo que lidiar con todo lo demás que conllevaba el título. El mayordomo, el ama de llaves, el encargado de la cuadra, el administrador de la finca... Todos acudieron a él en busca de directrices. Por fortuna, su padre —o quizá Albert, en los últimos años— se había asegurado de que esos puestos estuvieran ocupados por gente válida, así que solo necesitó decirles que prosiguieran con sus quehaceres. Aun así, había muchos momentos en los que se sentía literalmente aplastado por el peso de sus nuevas responsabilidades.

Y añoraba a Belle. Era un dolor físico, no solo en la ingle, sino también en el corazón. Todas las noches se acostaba solo en la cama, deseando que estuviera allí para hablar con ella, abrazarla y, sí, entregarse a ella.

No le había escrito. Quiso hacerlo, pero cada vez que conseguía sacar un rato para intentar plasmar sus pensamientos en un papel, se le quedaba la mente en blanco. Eran demasiadas cosas para explicar en una carta, y el hecho de escribírsela a ella despertaría suspicacias. Las hermanas Boltwood ya estaban fisgando a su alrededor. Debía protegerla. Su reputación se haría añicos si alguien descubría los entresijos de su relación.

Así que fue pasando un día sombrío tras otro hasta que llegó un punto en que llevaba fuera de Loves Bridge casi una quincena. Era el máximo plazo de tiempo que dijo que estaría fuera. ¿Se estaría preguntando Belle por qué no había recibido noticias suyas? Debía ser consciente de que no podía hacerlo sin generar habladurías. Necesitaba verla para explicárselo. Y también debía pensar en sus alumnos, aunque estaba claro que no podía seguir dando clases de música. La señora Hutting se estaría poniendo muy nerviosa por las clases de Walter... y por la boda de su hija. En un momento de debilidad, había accedido a interpretar la marcha nupcial para la señorita Mary Hutting.

Se encontraba reflexionando sobre todo esto una mañana, a solas en la biblioteca, cuando la puerta se abrió y aparecieron sus cuñadas.

—Espero que no molestemos —dijo Helena.

Por supuesto que molestaban, pero William no podía negarse a recibirlas.

—En absoluto.

—Hay un asunto que debemos comentar contigo —dijo Verónica, apretando la mandíbula.

Las dos mujeres parecían muy decididas. Y las dos aferraban con fuerza sus pañuelos.

«Maldita sea.»

—Tomad asiento, por favor. —Aguardó a que se acomodaran en las sillas antes de tomar asiento al otro lado del escritorio. Sintió la necesidad de mantener con ellas la separación de una enorme estructura de madera.

Helena se inclinó hacia adelante.

—William, ya sé que no deseas hablar de esto ahora...

«Por todos los diablos.»

—...pero me temo que debo abordar el asunto. —Miró a Verónica, que asintió con la cabeza, instándola a continuar.

Helena tragó saliva y después se aclaró la garganta.

—Verónica y yo estamos convencidas de que ninguna de las dos está encinta. Por tanto, recae sobre ti la responsabilidad de la sucesión.

Helena tenía razón. No quería mantener esa conversación... ni entonces ni nunca.

—Quizá deberíamos haber hablado de esto hace años —dijo Verónica, enjugándose las lágrimas—, cuando comprendimos que era improbable que pudiéramos darles un hijo a nuestros maridos.

—Pero ¿de qué habría servido? —Helena se sonó la nariz—. Tú estabas casado con esa espantosa mujer. A Albert le horrorizaba que pudiera concebir durante una de sus orgías alcohólicas. ¿Te lo imaginas? El hijo de algún sinvergüenza podría haberse convertido algún día en el duque de Benton.

Por supuesto que podía imaginárselo. Ya se lo había imaginado alguna vez. Al final llegó a la conclusión de que o bien Hortense era estéril o bien había aprendido a evitar los embarazos.

—Pero ahora eres libre —dijo Verónica—, para casarte de nuevo.

—Ya. —William sintió como si le hubieran anudado una soga al cuello.

—No tiene que ser de inmediato —se apresuró a añadir Helena—. Aunque dada la gravedad de la situación, creo que todos comprenderán que no aguardes un año para volver a casarte.

—O ni siquiera seis meses. —Verónica se encogió de hombros—. Ya tienes casi cuarenta años.

—Te vendría bien una muchacha joven.

—Aunque no demasiado.

—No, desde luego. Nada de recién llegadas. Lo ideal es una chica que haya vivido ya su segunda o tercera temporada. Que sea un poco sofisticada, pero lo suficientemente joven como para darte muchos hijos. —Helena tragó saliva e intercambió una mirada afligida con Verónica—. Muchos.

Las dos se quedaron mirándolo.

William les devolvió la mirada y se recolocó la pañoleta que llevaba al cuello.

—Hemos empezado a esbozar una lista —dijo Verónica, con un evidente tono de determinación en su voz—. Dentro de unos pocos meses comenzaremos a invitar a Benton a varias candidatas para que puedas echar un vistazo.

William sabía que su intención era buena. Y comprendía por qué habían sacado a colación el asunto. Su deber era responsabilizarse de la sucesión. Pero...

«Pero yo quiero casarme con Belle.»

Belle tenía treinta y siete años, casi la misma edad que Helena y Verónica. Era muy improbable que pudiera darle hijos. Imposible, si lo que dijo era cierto: que no podía tener hijos.

Pero William ya había padecido un matrimonio sin amor. ¿Podría soportar otro?

Podría pedirle a Belle que fuera su amante...

No. Ya se había negado a ejercer ese papel. Si se casaba, la perdería.

Y no quería que fuera su amante. Quería que fuera su esposa. No quería verse obligado a esconderla, quería tenerla a su lado, sobre todo en momentos como ese.

—Estos son los nombres que hemos apuntado. —Helena se sacó una hoja de papel del bolsillo, la abrió y se la entregó deslizándola sobre la mesa—. Echa un vistazo, William.

—Y añade cualquier nombre que quieras que tengamos en cuenta —sugirió Verónica.

Helena asintió.

—Y si Dios quiere, el año que viene por estas fechas tendremos un heredero que asegure la continuidad del título.

William dejó el papel encima del escritorio y se levantó. Sus cuñadas también se pusieron en pie.

—Helena. Verónica. Agradezco vuestros desvelos. Pero yo...

Helena lo miró con el ceño fruncido.

—A veces debemos hacer sacrificios, William, por el bien común.

—Sí. —Sus cuñadas eran muy valientes, mucho más que él—. Lo comprendo. Sin embargo, necesito un tiempo para pensar.

—Es comprensible —dijo Verónica—. Pero no lo alargues demasiado.

—La vida es impredecible. —Helena frunció los labios, y entonces su rostro empezó a contraerse—. Pu... puede terminar en el mo... momento más insospechado.

Maldita sea. Esas mujeres habían sufrido mucho. William se acercó a ellas para abrazarlas. Las estrechó contra su cuerpo mientras sollozaban, aferradas a sus pañuelos.

—Lo sé. Lo siento. Tenéis razón, por supuesto.

La vida era impredecible. Tenía que ir a Loves Bridge. Tenía que ver a Belle. No podía esperar un segundo más.

—Debo marcharme de Benton por unos días. —Se sintió mejor al decir eso, como si al fin estuviera recuperando el control sobre su vida.

—¿Marcharte? —Helena miró a Verónica.

Verónica miró a William con la boca abierta.

—¿A dónde vas?

—A ver a un amigo. Dejé ciertos asuntos a medias cuando partí a toda prisa hacia aquí.

Helena frunció el ceño.

—Es cierto, no estabas en Londres cuando Albert se enteró de lo del duque. ¿Dónde estabas? —Su expresión se tornó aún más ceñuda—. Albert pensaba que estabas tramando algo.

William retrocedió un paso.

—No estaba tramando nada. —Bueno, puede que su hermano no estuviera de acuerdo con esa afirmación si aún estuviera vivo como para poder opinar.

Pobre Albert. Siempre había sido muy desconfiado, aunque le habían criado para que fuera así. Estaba previsto que se convirtiera en el nuevo duque de Benton.

Al final, tantas preocupaciones habían sido en vano.

—Necesitaba estar alejado de la ciudad. Ya sabéis lo insoportable que era vivir con Hortense, y la gente no dejó de hablar de ella siquiera después de su muerte.

William no pensaba preocuparse por el futuro. Seguiría los dictados de su corazón y dejaría que el futuro viniera hasta él. Si hace veinte años hubiera tenido esa lucidez, se habría casado con Belle en lugar de con Hortense, y se habría ahorrado años de desdicha.

—Pero tengo que atar unos cabos sueltos. No os preocupéis. No me ausentaré mucho tiempo.

Capítulo 8

22 de mayo de 1797

Gracias a Dios que existe esta casa para solteras.

—del *Diario de Belle Frost.*

Mayo de 1817

—Ya han pasado dos semanas, *Amapola*, y William no ha regresado todavía.

Amapola interrumpió brevemente su aseo para mirar a Belle. Estaban juntas en el dormitorio de invitados, Belle ante el tocador y la gata tendida sobre la cama. Belle había trasladado allí sus bártulos en cuanto comprendió que estaba encinta. No le gustaba la idea de dormir en la cama donde había concebido a su hijo.

«Mi hijo y el de William.»

Se colocó una mano encima del vientre. Había tenido la certeza de que abortaría como la última vez. Seguía pensando que los dolores menstruales se desatarían de un momento a otro.

«Quizá haya echado mal la cuenta. Eso debe de ser.»

Pero era innegable que algo había cambiado. Se sentía muy cansada y le dolían los pechos. El corpiño también le quedaba más ceñido, y hubiera jurado que podía percibirse una ligera redondez en su vientre, hasta entonces tan plano.

Cerró los ojos.

«Dios mío. ¿Cómo es posible que me sienta tan eufórica y aterrorizada al mismo tiempo?»

Deseaba el hijo de William con todas sus fuerzas, pero estar embarazada fuera del matrimonio...

Inspiró hondo varias veces. El pánico no resolvería el problema. Nada lo resolvería.

Se quitó las horquillas con manos temblorosas.

—Por supuesto que no regresará, *Amapola*. —Había leído los periódicos—. Ahora es el duque de Benton. Nadie confía en que sus cuñadas engendren un heredero a última hora. —Resopló—. Ya no puede seguir dando clases de música en Loves Bridge.

«Ni desposar a la soltera de Spinster House.»

—¿Quién no puede seguir dando clases de música?

Belle se dio la vuelta con un respingo.

«¡William!»

Estaba plantado en el umbral.

Antes incluso de poder formar un pensamiento coherente, Belle se puso en pie y cruzó corriendo la habitación para reunirse con él. Hundió el rostro en su abrigo e inspiró su maravilloso y familiar aroma. El roce de sus brazos, estrechándose a su alrededor, le hizo sentir como si estuviera en el paraíso.

—¿Me has echado de menos, Belle?

¿Que si le había echado de menos? Le demostraría lo mucho que le había añorado. Levantó los brazos, le agarró la cabeza y tiró de ella hacia abajo.

En cuanto sus labios rozaron los de William, la cabeza empezó a darle vueltas.

En cuestión de segundos estaban desnudos y tendidos en la cama —por suerte, *Amapola* ya se había marchado a toda prisa—, y William estaba entrando dentro de ella. No hubo delicadeza en aquel encuentro. Fue desesperado, primitivo y fugaz. Con la primera incursión, Belle sintió un estallido de placer por todo el cuerpo. Se aferró a William con todas sus fuerzas, y cuando la penetró una última vez, hubiera jurado que llegó a rozarle el corazón.

William se desplomó sobre la cama, y Belle rodó sobre sí misma hasta terminar recostada sobre su pecho. William la besó, con un beso tan sosegado como frenético había sido su encuentro, y soltó una risita.

—Supongo que sí me has echado de menos.

—Así es.

A Belle le encantaba sentirle debajo y dentro de ella. Su calor, su olor, el sonido de su voz, la curvatura de sus labios. Quería memorizarlo todo, cada centímetro de su ser, para así no olvidar nunca el tiempo que habían pasado juntos.

—Te contaré un secreto —susurró William. La besó de nuevo, deslizando una mano por su espalda—. Yo también te he echado de menos.

Belle se rio.

—Yo también lo había supuesto.

—Siempre has sido muy perspicaz. —William sonrió—. Es una maravilla volver a estar aquí, Belle. —Flexionó las caderas y

Belle sintió cómo la penetraba con suavidad—. Y aquí también.

—William enarcó una ceja—. Pero ¿por qué aquí? ¿Por qué este dormitorio?

Belle presionó sus labios sobre su pecho.

—En el otro no podía soportar tu ausencia.

«Debería contarle lo del bebé.»

«No, aún no. Puede que no se alegre... sería lo más probable. No quiero estropear este momento.»

Sin embargo, la sola idea de poder hacerle infeliz ya lo había estropeado.

—He pasado un infierno lejos de ti, Belle.

Ella le besó en el cuello.

—Oh, William, siento muchísimo lo de tu padre y tus hermanos, de verdad.

La mirada de William se ensombreció. Se apartó de ella y recorrió la habitación como si necesitara poner la máxima distancia posible entre ambos. Belle vio cómo jugueteaba con los frascos de su tocador, con la espalda tensa y erguida.

Quiso acercarse él, pero si William hubiera querido sentir su roce, se habría quedado en la cama.

—Fue horrible, Belle. —Dio unos golpecitos con un frasco sobre el tocador—. Una pesadilla espantosa.

—¿Cómo ocurrió el accidente? —Belle habló con suavidad, casi susurrando—. Es decir, si no te importa contármelo.

—No, es solo que... Todavía no me lo puedo creer. Estaba lloviendo a cántaros, y las carreteras estaban cubiertas de barro. Yo mismo estuve a punto de acabar en una zanja más de una vez. —Volvió a mirar a Belle, con gesto compungido—. Pensé que mi padre estaba exagerando su situación otra vez. No pensaba que se fuera a morir de verdad, así que no conduje tan deprisa como debió de hacerlo Albert.

—Fuiste sensato.

—No. Me comporté como un egoísta. —Reordenó los frascos de perfume y derribó uno de ellos. No pareció darse cuenta.

Belle se mordió el labio para evitar discutir con él. No serviría de nada. Acabaría perdonándose con el tiempo.

—Llegué allí justo después de que ocurriera. Albert debió de tomar la curva que sale de la carretera principal, una curva que había hecho miles de veces, demasiado deprisa. Chocó contra el enorme roble que hay cerca de la verja y se estrelló de cabeza contra él. Oliver cayó al suelo y los caballos lo pisotearon.

Cerró los ojos, un espasmo de dolor recorrió su rostro.

—Oí el golpe y los gritos antes de ver los restos del carruaje. Hobbs, el guarda, ya estaba allí cuando llegué, pero era demasiado tarde. Los dos estaban muertos.

Se le quebró la voz.

«Al diablo con seguir manteniendo las distancias.»

Belle cruzó la habitación, estrechó a William entre sus brazos y apoyó la mejilla sobre su espalda. Su cuerpo parecía vibrar a causa de la tensión que lo embargaba.

—Lo siento muchísimo, William.

—No tenían por qué haber conducido tan rápido, Belle. Nuestro padre vivió varias horas más.

Belle le rodeó para ponerse frente a él.

—Pero ellos no lo sabían. Hicieron lo que creían que debían hacer. No fue más que un accidente. Un trágico accidente. Gracias a Dios que sus esposas y sus hijas no estaban con ellos. Ahora están vivas.

—Sí, demos gracias a Dios por eso. —William seguía tenso—. No le conté a mi padre que estaban muertos. No hacía más que preguntar por ellos, y yo le decía que estaban enfermos.

Belle creyó percibir en su mirada una súplica de consuelo.

—Hiciste bien, William. No tenía sentido contárselo al duque. Eso solo habría servido para que sufriera más.

William se relajó un poco.

—Sí, eso mismo pensé yo. —Entonces suspiró, y finalmente estrechó a Belle entre sus brazos.

Ella le abrazó y escuchó los latidos de su corazón y el reloj que marcaba los minutos sobre la repisa de la chimenea.

«Estoy exactamente en el lugar donde quiero estar. Ojalá este instante pudiera durar para siempre.»

Al fin, William profirió un sonoro bostezo.

—Cielos, Belle, estoy agotado. Casi no he pegado ojo desde que me marché de aquí.

Ella tampoco había dormido bien.

—Entonces vamos a la cama.

—Sí. —Consiguió esbozar una sonrisa—. Pero esta vez solo para dormir.

La cama era más pequeña que la que había en la otra habitación, pero no supuso un problema. Belle quería tener a William cerca. Quería abrazarlo. Lo estrechó entre sus brazos y, en cuestión de unos minutos, la respiración de William se volvió más pausada y profunda.

Belle tardó un poco más en quedarse dormida.

William sintió que alguien le estaba golpeando el rostro.

—Mmff. —William devolvió el golpe—. Lárgate, *Amapola*.

—Miau.

Maldita gata. Ahora se estaba paseando sobre su pecho. Abrió un ojo. Diantres, había mucha luz en la habitación. Debía de ser por la mañana.

Volvió la cabeza para mirar a Belle. Aún estaba dormida, con sus largas pestañas reposando sobre sus mejillas, su cabello sedoso desplegado sobre la almohada. Se le había deslizado la colcha hasta la cintura, dejando sus pechos al descubierto. Parecían más grandes de lo que recordaba, y más oscuras las preciosas aureolas que rodeaban sus pezones.

Santo cielo, cómo la había echado de menos. Alargó una mano para tocarla... y se detuvo.

Amapola tenía razón. Tenían que levantarse. Puede que Belle ya llegara tarde a abrir la biblioteca. William había prometido proteger su reputación, aunque pronto no habría necesidad de seguir haciéndolo. Llevaba una licencia especial en el bolsillo de su abrigo, el abrigo que seguía en el suelo, en el mismo sitio donde lo dejó tirado aquella noche.

Le tocó la mejilla en lugar de un pecho.

—Buenos días.

—Mmm. —Belle se acurrucó entre las sábanas.

William tenía la culpa de que aún siguiera dormida. La había despertado en mitad de la noche para volver a hacer el amor. Igual que le gustaría hacerlo ahora, pero no lo haría, no ante la severa mirada de *Amapola*. Sin embargo, necesitaba despertarla...

«Si no se despierta tocándole la mejilla, quizá lo consiga si le toco otra cosa.»

Deslizó lentamente una mano por su cuerpo. Dicho y hecho. Belle abrió los ojos, con un profundo fulgor de deseo en la mirada. Quizá hubiera tiempo para un encuentro rápido antes de levantarse.

Le acarició el vientre con los dedos, después los replegó y los dejó allí quietos. La noche anterior no se había dado cuenta —apenas se dio cuenta de nada la noche anterior—, pero no recordaba que tuviera el vientre tan redondeado antes de marcharse.

El deseo latente en la mirada de Belle se desvaneció para convertirse en otra cosa. ¿Inquietud tal vez? ¿Qué estaría pasando? No pensaría que la recriminaría por haber engordado unos kilos, ¿verdad?

—I... iba a decírtelo. —La voz de Belle era poco más que un susurro nervioso—. De verdad que sí, William, pero me... —Forzó una sonrisa temblorosa, una que no se extendió hasta sus ojos—. Me distraje.

William sonrió.

—Yo también me distraje un poco.

La sonrisa de Belle desapareció, bajó la mirada y empezó a juguetear con las sábanas.

Un escalofrío recorrió el espinazo de William.

—Y, bueno, quizá me planteara la posibilidad de no decírtelo. Quise reunir la valentía necesaria para no decir nada, pero... —Frunció los labios con fuerza y negó con la cabeza—. No, ya tienes bastantes cosas con las que lidiar.

Amapola había saltado fuera de la cama y ahora estaba observando a William desde el suelo, junto a su abrigo. Desde luego, allí estaba pasando algo.

—No puedes dejarme así, Belle. ¿Qué querías contarme? ¿Por qué necesitabas ser valiente?

—Es que... es que yo... —Belle se humedeció los labios, sin apartar la mirada de las sábanas—. Lo siento mucho, William. De verdad pensé que per... perdería este bebé como perdí el o... otro.

«¡¿Un bebé?!»

William sintió una mezcla de asombro y alegría, una explosión de gozo...

Un momento.

«¿El otro?»

—¿Ya estuviste embarazada?

Belle puso una mueca y se apartó de él, hasta salir de la cama y cruzar la mitad de la habitación. Se estrechó el vientre entre los brazos, como si quisiera esconderlo.

Amapola se acercó y se sentó a sus pies. Quizá lo consideraba un gesto alentador.

—Belle... —William se incorporó y se frotó el rostro con una mano. Debía de haber entendido mal. Estaba recién levantado—. Lo siento. No quería disgustarte. Pero es que no lo entiendo. ¿Te quedaste encinta cuando éramos jóvenes? —No la insultaría insinuando que el niño pudiera haber sido de otro hombre. Belle no era Hortense.

Amapola se dedicó ahora a restregar la cabeza contra el tobillo de Belle.

—Por eso estoy en Loves Bridge, William. Cuando mi padre lo descubrió, me echó de casa. Mi madre me subió a bordo de una diligencia y me mandó aquí, a casa de una prima lejana, la señora Conklin. —Belle se atragantó con algo que pudo haber sido un sollozo o una risa—. ¿Te lo imaginas? Mi padre está emparentado por su matrimonio con una mujer ligera de cascos.

«Santo cielo. Así que hubo un niño.»

William sintió una oleada de ira, tristeza y frustración en el estómago.

«Belle debería habérmelo dicho. Yo tenía derecho a...»

Amapola bufó.

Belle volvió a proferir ese ruidito extraño y miró a la gata.

—Ojalá mi madre no se hubiera enterado de que se me estaba retrasando el periodo. Si hubiera podido ocultarlo unos días más... —Frunció los labios—. Pe... perdí el bebé al poco de llegar a Loves Bridge.

«¡Por Zeus!»

—¿Por qué no insistió tu padre en que me casara contigo?

—No sabía que tú eras el padre. —Belle torció el gesto—. No se lo dije, ni siquiera cuando intentó sonsacarme a golpes.

—¡Belle!

¿El desalmado de su padre la había golpeado? William salió de la cama y cruzó la habitación a toda prisa para abrazarla. Belle se puso tensa entre sus brazos, pero al menos no se apartó.

William siempre había sabido que el padre de Belle, pese a sus ademanes piadosos, era un maldito hipócrita, pero aquello era aún peor de lo que se imaginaba. Echaría a patadas a ese cobarde despreciable en cuanto regresara a Benton.

—Dios mío, Belle. Cuánto lo siento.

«Debería haber estado allí. Debería haber considerado la posibilidad de que se quedara encinta. Lo hicimos las veces suficientes como para que ocurriera. ¿Por qué diablos no pensé en ello?»

«Porque era un idiota egoísta y lleno de lujuria.»

Amapola retrocedió unos pasos, pero estaba dispuesta para clavarle las zarpas a William en sus pies descalzos si hacía algún movimiento en falso.

William alzó las manos hacia los hombros de Belle.

—¿Por qué no me lo contaste, Belle? Por aquel entonces no estaba casado. Espero que sepas que habría hecho lo que dictaba el honor.

«Al menos, eso espero.»

—¿Lo que dictaba el honor? —Belle intentó apartarse de su pecho, pero William no pensaba dejarla marchar—. Lo honorable fue no mencionarlo. Tu padre se habría puesto furioso. Después de todo, yo no era más que la hija del vicario. Jamás habría permitido que te casaras conmigo.

—Al diablo con mi padre. —No era lo más apropiado que se podía decir sobre un hombre que acababa de morir, pero Belle estaba en lo cierto. El duque habría montado en cólera si se hubiera enterado—. Podríamos habernos ido a Gretna Green.

Belle dejó caer las manos.

—Quizá. Pero ¿habrías querido hacerlo, William? Piensa en el escándalo. Tu padre acababa de comprar tu nombramiento como oficial.

William abrió la boca para decir que por supuesto habría querido casarse con ella, que al diablo con el escándalo, pero...

¿De verdad habría querido sentar la cabeza? Por aquel entonces estaba hecho un sinvergüenza.

«Me habría casado con Belle si hubiera sabido lo del bebé.»

Pero ¿habría deseado hacerlo? ¿Le habría atormentado tanto ese matrimonio como el que compartió con Hortense?

Belle interpretó su silencio como una negativa y se encogió de hombros.

—Yo tuve tanta culpa como tú.

—No, de eso nada.

—Claro que sí. —Belle suspiró—. Pero, William, eso no importa. Ocurrió hace mucho tiempo. Sin embargo, ¿comprendes por qué no he dicho nada esta vez? Dado que pe... perdí a ese bebé, estaba convencida de que también perdería este. —Cerró los ojos—. Puede que aún lo pierda. Tengo treinta y siete años. Soy demasiado mayor para ser madre.

Santo cielo, William seguía siendo un idiota egoísta. ¿Por qué perdía el tiempo hablando sobre el pasado? Belle llevaba un hijo suyo en su vientre en esos momentos.

—Me parece que tu cuerpo te está diciendo lo contrario, Belle—. Le rodeó el rostro con las manos—. Siento muchísimo lo que ocurrió cuando éramos jóvenes. Tienes razón, no sé cómo habría reaccionado en esa época. Pero sí sé cómo voy a reaccionar ahora. No estás sola. Nos casaremos de inmediato.

Belle se apartó de él y retrocedió varios pasos.

—No. No te tendí una trampa hace veinte años y no pienso hacerlo ahora.

La frustración habló por él antes de que pudiera acallarla.

—Santo cielo, Belle, si hay alguna trampa en este asunto, soy yo el que se ha metido derechito en ella. Tengo treinta y ocho años. Sé perfectamente cómo se engendran los bebés.

Amapola volvió a bufar y le pegó a William un zarpazo en la espinilla.

La gata tenía razón. Ese no era el rumbo que debía tomar la conversación.

—Creía que era demasiado mayor para concebir.

Y William tampoco pensaba permitir esa deriva.

Miró a *Amapola*. Si el animal pudiera hablar, le diría que fuera al grano antes de que se derramara una lágrima más.

—Belle, no discutamos. Lamento que no quieras el bebé...

—¡¿Que no quiera el bebé?! —Belle frunció el ceño—. ¿Cómo puedes decir eso? No te imaginas lo mucho que he padecido, lo mucho que todavía padezco, por nuestro primer hijo. Por supuesto que quiero el bebé, pero es que... —Se cubrió el rostro con las manos—. ¿Qué voy a hacer?

—Vas a casarte conmigo. —William se acercó a ella y volvió a colocarle suavemente las manos sobre los hombros—. Te casarás conmigo, vendrás a Benton y serás mi esposa, la madre de este niño y quizá de otros, si Dios nos otorga esa bendición.

Belle siguió sin descubrirse el rostro.

—Tú no quieres casarte conmigo.

William la atrajo hacia sí.

—Claro que quiero. Con toda mi alma. Si echas un vistazo en el bolsillo de mi abrigo, verás que hay una licencia especial que estoy deseando utilizar.

Belle se quedó mirando el abrigo como si de repente fuera a dar un brinco y a ponerse a danzar por la habitación.

—Te amo, Belle. Siempre te he amado, aunque no siempre haya tenido la lucidez necesaria para darme cuenta. Y te necesito a mi lado. Te he añorado muchísimo estas últimas dos semanas. No creo que pueda soportar ser el duque de Benton si tú no eres mi duquesa.

Belle negó con la cabeza.

—Pero soy demasiado mayor. —Esta vez no parecía tan convencida—. Necesitas una mujer más joven que te dé un heredero.

William apoyó una mano sobre su vientre.

—Me parece que ya te has encargado de eso.

—Ya. —Belle profirió una risita ahogada.

William la sujetó por la barbilla para levantarle la cabeza y poder mirarla directamente a los ojos.

—Mis cuñadas me prepararon una encerrona justo antes de venir aquí y me entregaron una lista de mujeres con las que podría casarme. Fue horrible. La mayoría de ellas eran lo bastante jóvenes como para ser mis hijas... nuestras hijas.

Belle arrugó la nariz.

—Imagino que fue un poco... raro.

—¿Raro? Fue algo... no sé... incestuoso, incluso. —Debía conseguir que comprendiera—. Sé que su intención era buena, y también sé que no se detendrán hasta que me case. No me preocupa demasiado el asunto de la sucesión, pero a Albert y Oliver sí, y a sus esposas también.

—Tiene que haber alguna mujer con la que puedas casarte y que no acabe de salir del colegio.

—Sí. Tú. —La abrazó con más fuerza—. Ya he padecido un matrimonio sin amor. No me condenes a pasar por otro. Por favor, dime que te casarás conmigo. Te lo prometo, te amo con locura.

Desde luego, su miembro estaba decidido a demostrar la locura que lo embargaba. Al estar desnudo, no hubo manera de ocultar su entusiasmo.

—¡Oh! Oh, William. —Al fin le sonrió—. Yo también te amo. Mucho. Sí, me casaré contigo.

Por supuesto, no le quedó más opción que besarla. Y entonces una cosa llevó a la otra, y esta a otra.

Ese día, la biblioteca de Loves Bridge abrió tardísimo.

❉ ❉ ❉

Belle se encontraba en el salón de Spinster House por última vez, acariciando a *Amapola* mientras observaba a William conversando con el señor Hutting, el señor Morton y también el señor Wilkinson.

Estaba casada. Era la esposa de William.

Todo había ocurrido muy deprisa, en menos de doce horas. Con la muerte de sus hermanos tan reciente, William había insistido para que se casaran antes de partir de Loves Bridge, para así no correr el riesgo de que su hijo naciera en pecado. Más aún, se mostró inflexible en su decisión de que el padre de Belle no oficiara la boda. Dijo que no podía prometer ser educado con él, y ella tuvo que admitir que prefería no tener que pronunciar sus votos ante él.

Se plantearon brevemente la posibilidad de casarse en la iglesia de Loves Bridge, pero llegaron a la conclusión de que sería demasiado... complicado explicar a los lugareños que el señor Wattles, el profesor de música, era en realidad el nuevo duque de Benton, y que la señorita Franklin, tan seria y tan formal, la soltera de Spinster House, había estado viviendo con un nombre falso durante veinte años.

—Debo decirle que mi querida esposa se disgustará mucho conmigo —estaba diciendo el vicario mientras los hombres que lo acompañaban acudían a reunirse con Belle—. No solo se enfadará por haber mantenido esto en secreto, sino que además esperaba que tocara el piano durante la boda de nuestra hija Mary, excelencia.

William sonrió. No había dejado de hacerlo desde que Belle accedió a casarse con él.

—Lo lamento. Por favor, hágale llegar mis disculpas.

—Seguro que se le pasará cuando le cuente lo felices que son la duquesa y usted. —El vicario sonrió a Belle.

Ella le devolvió la sonrisa. Era feliz, más de lo que había sido nunca. Le resultaba muy extraño que la llamaran «duquesa», pero supuso que se acabaría acostumbrando. Lo más importante era que se había convertido en la esposa de William, y que en unos meses, Dios mediante, le daría un hijo, quizá un heredero.... aunque ese detalle no lo habían compartido con nadie más.

—Es hora de que nos vayamos, Belle —dijo William—. El carruaje está listo.

El vicario frunció el ceño.

—¿Seguro que no quieren quedarse esta noche? Les resultará más cómodo viajar de día.

—Hay luna llena, y la posada a la que nos dirigimos no está lejos. —William rio—. Y debo confesar que no deseo pasar mi noche de bodas en una casa para solteras cuyo nombre es Spinster House.

Tampoco es que fueran a hacer en la posada nada que no hubieran hecho ya allí, pero Belle también prefirió guardarse ese detalle. Se quedó mirando a *Amapola*.

—Entonces supongo que ha llegado el momento de despedirme. —Rascó a *Amapola* entre las orejas y le acarició el lomo por última vez. Qué curioso. Nunca había querido tener un gato, pero ahora le daba pena separarse de este.

—Miau. —*Amapola* restregó la cabeza contra la mano de Belle.

—¿No se lleva a su mascota? —preguntó el señor Morton.

—Verá, *Amapola* no me pertenece, ¿verdad, *Amapola*?

El felino la miró fijamente, enroscó un poco la cola y se marchó corriendo.

El vicario se rio.

—Supongo que eso responde a la pregunta, ¿verdad? Confío en que a la nueva soltera le gusten los gatos.

—Diantres, es cierto —dijo el señor Wilkinson—. Tengo que escribir al duque de Hart sin demora para informarle de que debe ocuparse de la reapertura de Spinster House.

El vicario asintió, y después se quedó pensativo.

—Es una sensación extraña haber oficiado una boda aquí. Me pregunto si servirá para romper la maldición.

Belle echó un vistazo por la vieja y vetusta estancia.

—Eso espero. Ojalá todas las mujeres que vivan aquí puedan ser tan felices como yo lo soy ahora.

—Como la perfecta novia que eres. —William le besó la mano y después la colocó sobre su brazo mientras los demás hombres soltaban una risita—. Y ahora, caballeros, debemos marcharnos.

—Buen viaje, excelencia —dijo el señor Wilkinson, mientras William empujaba a Belle por la puerta para dirigirse al carruaje que los aguardaba entre las sombras.

—Los tendré presentes a los dos en mis oraciones —dijo el señor Hutting.

—Y yo me reuniré con ustedes por la mañana —añadió el señor Morton, mientras cerraba la puerta del carruaje.

Belle se despidió de ellos con la mano mientras el carruaje se ponía en marcha. Después dirigió la mirada hacia la casa. Había pasado veinte largos años allí. No había sido desdichada, pero tampoco había sido feliz. Había...

¿Qué fue eso?

—¿Has visto algo que se movía en ese árbol, William?

—¿En qué árbol?

—El que está al lado de Spinster House —Estiró el cuello para ver mejor, pero estaba demasiado oscuro para ver con claridad.

—¿No es esa *Amapola*, encaramada a la rama que está junto a la ventana?

—No lo sé.

Belle le dio un codazo.

—Ni siquiera estás mirando.

William sonrió, y su dentadura emitió un fulgor blanco a la luz de la luna.

—Muy cierto. Por mí como si a *Amapola* le da por bailar la jiga sobre el tejado. —Sus ágiles dedos se deslizaron bajo sus faldas mientras le rozaba la mejilla con los labios—. Estoy mucho, mucho más interesado en ver qué cosas maravillosas podemos hacer en este carruaje hasta que lleguemos a la posada.

Sus dedos se abrieron paso lentamente a lo largo de su pierna. Cada vez más arriba...

—¿Te gustaría ayudarme a explorar las posibilidades?

Como era de esperar, Belle dejó de pensar en *Amapola*.

Acerca de la autora

Originaria de la ciudad de Washington, **Sally MacKenzie** sigue viviendo a las afueras de Maryland con su marido, nacido en el norte del estado de Nueva York. Ha redactado reglamentos federales, boletines escolares, programas de subastas, obras escolares y guías para el club de natación, pero no fue hasta que el primero de sus cuatro hijos se fue a la universidad cuando probó fortuna con la novela romántica. Se puede contactar con ella por e-mail en sally@sallymackenzie.net o por correo ordinario en PO Box 10466, Rockville, MD 20849. Por favor, visita su página en el ciberespacio en www.sallymackenzie.net.

Sally MacKenzie

El fruto prohibido es el más apetecido

LOVES BRIDGE 1

La señorita Isabelle Catherine Hutting es de las que prefieren echarse a descansar un rato en la biblioteca antes que andar dando vueltas por el salón de baile en busca de un marido. Así que cuando se entera de que hay una plaza libre en la casa para solteras del pueblo, decide dejar atrás toda esa historia del matrimonio. Pero para ingresar, tiene que hablar antes con el propietario de la casa, Marcus, duque de Hart: el hombre más atractivo que nunca haya visto, y el único que ha conseguido impresionarla, al menos un poco…

Con su ingenio, su espíritu independiente y su belleza —eso también—, Marcus no puede evitar sentirse atraído por Cat. Lo triste es que no está pensando precisamente en casarse, y menos con la maldición que su familia arrastra desde hace siglos, de la que la casa para solteras forma parte: «Ningún duque vivirá lo suficiente como para ver nacer a su heredero». Pero ¿habrá alguna posibilidad de romper dicha maldición —como pasa en los cuentos de hadas— con un acto de amor verdadero? Así, está a punto de empezar la carrera hacia el final feliz…

SALLY MACKENZIE

EL FRUTO PROHIBIDO ES EL MÁS APETECIDO

SEDA ROMÁNTICA

Libros /de
seda

Sally MacKenzie

Quien siembra vientos, recoge tempestades

LOVES BRIDGE 2

La señorita Anne Davenport no tiene más que dos opciones de futuro: la primera, quedarse a vivir una vida triste y gris en casa de su padre junto a la que pronto será su madrastra; la segunda: irse a vivir a la casa para solteras de Loves Bridge… si su amiga Cat abandona sus principios y se casa con el duque de Hart, dejando su plaza libre. Para lograrlo, utilizará sus habilidades como cotilla y hará correr el rumor de una cita secreta entre ambos, puede que eso ayude… Pero el cabezota del primo del duque supone un obstáculo. Un obstáculo ridículo y muy persuasivo…

Nate, marqués de Haywood, se ha pasado la vida pendiente del duque, preocupado por la maldición familiar. Sabe que la única manera de mantenerlo con vida es que permanezca soltero. Lo que significa que debe convencer a la intrigante señorita Davenport de que puede usar los labios para algo mucho mejor que para difundir cotilleos. Para besar, por ejemplo. Y es que quien siembra vientos… La verdad, el marqués se está empezando a plantear que tiene un futuro mucho mejor para la señorita Davenport, un futuro que no tiene nada que ver con quedarse en la casa para solteras de Loves Bridge, sino… a su lado.

SALLY MACKENZIE

QUIEN SIEMBRA VIENTOS, RECOGE TEMPESTADES

LIBROS de
seda

Sally MacKenzie

La duquesa del amor

Era un día muy caluroso y a Venus Collingswood le apetecía darse un baño en el estanque. Pero no quería que se le mojara el vestido. Total, ninguno de los habitantes del pequeño Little Huffington iba a pasar por ahí. Además, ese era el entorno perfecto donde pergeñar un plan para que su hermana Afrodita, un ratón de biblioteca, conociera y se enamorara del nuevo duque de Greycliffe, que llegaría a tomar posesión de sus tierras dentro de una semana. ¿Y quién podría imaginarse que la descubrirían? ¿Pero quién es él?

SALLY MacKenzie

*La decepción
duplica el placer...*

La duquesa del amor

Libros de
seda

Sally MacKenzie

Una novia para lord Ned

Decidida a encontrar marido, la señorita Eleanor, Ellie Bowman, asiste a un baile organizado por la duquesa de Greycliffe, a la que todos llaman con cariño «la duquesa del amor». Sin embargo, no hace caso de ninguno de los caballeros a los que la anfitriona ha invitado precisamente pensando en ella. En realidad, quien le interesa es su elegante hijo, Ned, lord Edward, que ya hace tiempo le robó el corazón… y la hizo arder de deseo. Es *Sir Reginald*, el gato ladrón de la duquesa, el que la ayuda a hacerse visible al atractivo viudo cuando deja su culote rojo de seda entre los almohadones de la cama de Ned.

SALLY MacKenzie

Una novia para lord Ned

«Escandalosamente divertido y
perversamente entretenido»
—Elizabeth Hoyt

SEDA ROMÁNTICA

Libros de seda

La duquesa
del amor

SALLY MACKENZIE

Una sorpresa para lord Jack

Frances Hadley ha sacado adelante la hacienda familiar ella sola durante años. Así que, ¿por qué no puede reclamar su propia dote? Para conseguirla, decide viajar a Londres y meter en la cabeza de su hermano y del administrador un poco de sentido común. Sin embargo, para una mujer joven y guapa un viaje así resulta peligroso por lo que Frances se disfrazará de hombre para tener algo menos de lo que preocuparse.

Jack Valentine, el tercer hijo de la famosa duquesa del amor, no deja de esquivar a jovencitas insistentes. Por suerte, en la posada encuentra una habitación libre: la única pega es que tendrá que compartirla con un joven pelirrojo bastante entretenido. Tal vez ambos deberían cabalgar juntos hasta llegar a Londres. ¡Eso le libraría del melodrama casamentero que le ha organizado su madre!

SALLY MacKenzie

«Haga espacio en su estantería
para la serie *La duquesa
del amor* de Sally MacKenzie»

—Elizabeth Hoyt

*Una mascarada
con pequeñas travesuras
no puede hacer daño...*

*Una sorpresa
para lord
Jack*

SEDA ROMÁNTICA

Libros de
seda

La duquesa
del amor

SALLY MACKENZIE

Una esposa para lord Ash

Kit, marqués de Ashton, está metido en un lío. Se casó joven y por amor, qué romántico. Se dio cuenta de su error el mismo día de la boda y ahora le han endilgado una esposa en la que no se puede confiar.

Jessica sabe que ha puesto en peligro su matrimonio, aunque haya sido inocentemente. Bien, ya ha tenido bastante de encuentros accidentales con caballeros desnudos y echa de menos tener la oportunidad de explicar lo sucedido a su marido. Ha llegado el momento de levantar el ánimo y recuperarle como sea.

SALLY MacKENZIE

Una esposa para lord Ash

SEDA ROMÁNTICA

Libros de
seda

La duquesa
del amor